www.tredition.de

AF198110

Der Autor

Roland E. Ruf   * 1939

lebt und arbeitet in Freiburg im Breisgau

www.roland-e-ruf.de

Roland E. Ruf

... vor allem auf Reisen

Erzählungen von Orten und Menschen

tredition

© 2021 Roland E. Ruf

Verlag und Druck:
tredition GmbH, Halenreie 40-44, 22359 Hamburg
Gestaltung und Illustration: Inge Reuter-Eck
Fotografien:
© Inge Reuter-Eck und Volker Eck

ISBN
Paperback: 978-3-347-36359-5
Hardcover: 978-3-347-36360-1
e-Book: 978-3-347-36361-8

Unterwegs zu noch unbekannten Orten zu sein, die man in irgendeiner Weise schon in sich trägt, auch zu solchen, an denen man schon einmal war, ist mit der Erwartung von Begegnung verbunden. Die hänge davon ab, wer wir in dem Augenblick sind, in dem wir diesen Ort und seine Menschen erreichen, denn ein Ort sei niemals nur „dieser" Ort, teilt uns Antonio Tabucchi mit. So ist er mir ein beständiger Begleiter geworden . . . vor allem auf Reisen.*

Roland E. Ruf

* vgl. Antonio Tabucchi   *Reisen und andere Reisen,*   München 2018 bei dtv

Ein Pfahl ragt vor Wasser und Himmel aus dem Sand des Strandes in das milchige Licht der Dämmerung. Der Tag beginnt oder endet. Wer könnte das auf einer unscharfen Aufnahme erkennen, die den Rändern zu in der Schwärze einer Unterbelichtung endet? Dennoch ist das Meer vom Himmel zu unterscheiden. Im mittleren Bildbereich eine graue diffus gekräuselte Fläche, darüber der Himmel, deutlich heller und von Schleierwolken durchzogen. Hat sich das Auge an die schemenhafte Abbildung gewöhnt, entdeckt es im Vordergrund feuchten Sand. Zum Greifen nahe, seine feine Körnigkeit von überspülenden Wellen in erstarrter Bewegung modelliert. Aus ihm weist der dunkle Pfahl gegen den Himmel, ausgewaschen und ausgefegt von den Elementen, die Struktur des Holzes in grafischer Zeichnung dem Auge angeboten. Ein Angebot, das es im Kontrast zu verschwimmenden Graustufen gerne annimmt. Jetzt entsteht das ganze Bild.

In seiner Schlichtheit ist es auf Ahnung und Empfinden angewiesen - zeichenbesetzte Einsamkeit, Vergehen. Der Betrachter ein Traumverlorener, der seinem Auge den Wimpernschlag untersagt.

Diese Nachwirkung eines Berichtes in ARD-Alpha über die Arbeiten des Fotografen Günter Derleth mit der Camera Obscura ist mir geblieben. Ob ich das Bild so gesehen habe, wie ich es beschreibe, kann ich nicht mit Genauigkeit sagen. Es ist die Eigentümlichkeit einer Aufnahme mit der Lochkamera, die Unschärfe zu einem von der Fantasie zu ergänzenden Bild zu machen. Ein scharf gezeichneter Bereich in der Mitte gibt Anlass, das Motiv zu deuten. Und dieses Deuten ist letztendlich von Stimmungseindrücken und Seherfahrungen des Betrachtenden abhängig. Kein Wunder also, wenn er hernach eher seine Wahrnehmung wiedergibt, als exakt zu beschreiben, was wirklich auf dem Foto zu sehen ist.

Dies sei den nachfolgenden Erzählungen vorangestellt.

Im August 2021

I

Alcafache

Was wusste ich von Portugal? Ein Streifen auf der Karte neben dem großen Spanien, im Geschichtsbuch unter *Beginn der Neuzeit* erwähnt. Der Lehrer hatte eine Weltkarte am Kartenständer abgerollt und war mit dem Zeigestock den neuen Seewegen der Portugiesen um Afrika bis Indien und über die Kapverdischen Inseln im Atlantik nach Südamerika gefolgt. Das Marienwunder von Fatima war das Lieblingsthema der Religionslehrerin.

Schulwissen eines Dreizehnjährigen im Jahr 1953, der sich angesichts der Weltkarte vornahm, später das kleine, ihm rätselhafte Portugal zu erkunden, das so weitläufige Verbindungen über Meere geschaffen hatte, jedoch auch im Geographie-Unterricht kaum vorkam, außer als Lieferant von Flaschenkorken, Fischkonserven und Portwein.

Und nun hat Franziska angerufen, meine jüngere Tochter. Sie ist nach Jahren in Costa Rica mit Mann und Kind zurückgekehrt. Übergangsweise lebt die kleine Familie bei den Schwiegereltern im Elsass. Sie brauchen alle drei erst einmal Urlaub, bevor über neue Arbeitsplätze entschieden wird und damit auch über ihren künftigen Wohnort.

Urlaub wie damals, als Anna und sie bei Maria, Mamas Schwester, Onkel Jens und dem kleinen Mario am Meer in Frankreich geblieben waren, während Rita und ich von dort aus eine Woche durch den Norden Portugals reisten. Wo genau der Campingplatz gewesen sei, möchte Franziska jetzt von mir wissen. Ihrer Erinnerung nach habe er an einem See gelegen und es war nicht weit zum Sandstrand am Meer. Sie habe auf der Karte nachgesehen und meine, das könne bei *Biscarosse* Im *Département Landes* gewesen sein. Dort habe es ihr so gut gefallen, dass sie nun in glückliche Momente ihrer Kindheit zurück möchte und vielleicht auch mit Mann und Tochter unseren Spuren nach Portugal folgen. Da könne sie jedoch nur rätseln, wir hätten ja nie berichtet, was wir dort erlebt haben.

Auch das stimmt! Die Reise nach Portugal ist mir nur fleckenhaft in Erinnerung geblieben. Was werde ich Franziska nach so langer Zeit erzählen? - Auf jeden Fall von Alcafache!

*

1979

Mit gemischten Gefühlen haben wir die Töchter zurückgelassen. „Kein Problem!" meinte Maria. „Erkundet den Norden Portugals, wie ihr es euch vorgenommen habt. Uns belasten die beiden Mädchen nicht - im Gegenteil! Mario freut sich schon auf das Schlafen im Kinderzelt, er kennt seine Cousinen ja nur von Familienfesten. Anna hat übrigens schon mal vorsichtig nachgefragt, ob wir ihr das Geld für einen Bikini vorstrecken könnten." Franziska ist acht, Anna elf und braucht nun einen Bikini! Die Pubertät lächelt über den Sandstrand –

und die Eltern sind unterwegs.

*

Es ist heiß in Portugal, im Norden brennen die Wälder stellenweise lichterloh. Eukalyptus-Gehölz! Das knallt beim Hochbrennen, stößt Schwärme von Funken aus. Die Feuerwehr ist machtlos und leitet den Verkehr aus der Risikozone. Irgendwo auf der von Umleitungen bestimmten Route lesen wir auf dem Thermometer 41 Grad.

Doch die Hitze scheint nicht nur von außen zu kommen. Von der Rundfahrt - eher einem Slalom - zurückgekehrt auf den Campingplatz in *Viseu*, muss ich mich hinlegen. Der Kopf schmerzt und mir schwindelt. Rita packt schweigend das Fieberthermometer aus und steckt es mir in den Mund - 39,5 Grad!

„Wir übernachten heute nicht im Zelt, suchen uns ein Hotelzimmer! Ich erkundige mich nach einem Arzt, oder wenigstens nach einer Apotheke. Im Hotel mache ich dir kalte Wadenwickel aus unseren Handtüchern und du bleibst im Bett bis das Fieber gesunken ist."

Sie packt unsere Siebensachen, bringt die Taschen ins Auto. Ich taumele auf den Beifahrersitz. Nach kurzer Strecke entdeckt sie eine Apotheke, hält am Straßenrand, streicht mir über die Stirn. „Oh je Roland, ich werde besser gleich nach einem Hospital fragen", meint sie und steigt aus.

Mir ist alles recht, aber in ein Krankenhaus? Wie soll ich mich ohne sie verständigen? Rita spricht Englisch und Französisch, ich nicht. Mit beiden Sprachen

kommt man durch in Portugal, das haben die zurückliegenden Tage gezeigt. Mit diesen Überlegungen
dämmere ich auf dem Beifahrersitz, lasse den Arm zum
offenen Fenster hinaushängen und will nur noch eines -
schlafen!

Rita kommt mit einer Wasserflasche, einem Plastikbe-
cher und einer Medikamentenschachtel. „Zwei Tabletten gleich, in einer Stunde wieder Fieber messen, und
wenn das Fieber noch immer so hoch sein sollte, dann
ins Hospital." Sie kramt einen gefalteten Zettel aus der
Hosentasche. „Das ist die Wegskizze - und jetzt
schluckst du zuerst einmal die Tabletten mit viel Wasser, dann sehen wir weiter."

Die Tabletten schmecken bitter - Aspirin? Die Flasche trinke ich fast aus. Danach merke ich noch, dass
wir fahren. Wohin? Hauptsache wir fahren und ich spü-
re den Wind. Alles andere ist mir egal.

Ich komme zu mir. Rita steht vor einem hohen Haus bei
einer älteren Dame, die ihr, den Gesten nach, etwas
erklärt. Ein Krankenhaus? Ich öffne die Autotür.
„Bleib!", ruft Rita herüber. „Wir parken gleich auf dem
Hof und du misst Fieber." Nach Krankenhaus sieht es
hier nicht aus, eher nach Hotel.

38,4 Grad - wir bleiben! - holen das Nötigste aus
dem Kofferraum. Die Dame an der Rezeption reicht Rita
den Schlüssel für ein Zimmer auf der zweiten Etage.

Ich möchte duschen. Hinter einem Vorhang nur ein
kümmerliches Waschbecken. „Morgen bekommen wir
ein anderes Zimmer", beschwichtigt Rita. „. . . eins mit
Bad. Jetzt nimm halt mal mit dem Waschlappen vorlieb.

Ich richte inzwischen die Tabletten und du gehst gleich ins Bett."

Der Hahn am Waschbecken tröpfelt. Beim Aufdrehen kommt eine warme, bräunliche Brühe. Die stinkt nach Schwefel! Zum Zähneputzen verwende ich das mitgebrachte Mineralwasser, schlüpfe ins Bett . . . und dann weiß ich nichts mehr.

Am Morgen habe ich nur noch leicht erhöhte Temperatur. Auf dem Weg zum Frühstücksraum treffen wir die Dame von der Rezeption. Zum Problem mit dem Leitungswasser, auf das wir sie ansprechen, meint sie - Rita übersetzt sinngemäß -, *das Problem hätten hier alle! Das Haus gehöre zu einem Thermalbad, das die heilkräftigen Quellen nutze. Zum Reinigen der Zähne verwende man im Haus auch Mineralwasser. Außerdem hätten wir Glück gehabt, dass gestern das kleine Zimmer überhaupt noch frei gewesen sei. Wir würden ja nachher in ein größeres mit Bad wechseln. Ob ich noch Fieber habe?* Ritas „just a little bit" verstehe ich. *Unser Zimmer sei übrigens bereits wieder vergeben. Während der Sommerwochen sei das Haus belegt.*

Rita hat Halbpension gebucht und ich habe keinen Appetit. Zu frühstücken sei aber notwendig, meint sie. Erst ab 19 Uhr könnten wir Abendessen bekommen.

Im Frühstücksraum stehen etwa zwanzig Vierertische – fast alle besetzt. Das Mädchen am Zugang knickst in altmodischer Höflichkeit, notiert unsere Zimmernummer und weist uns einen Tisch in der Fensterecke zu. Wir durchqueren eine Schar kauender, aus großen Tassen schlürfender alter Menschen. Grauköpfe wohin man blickt, vorwiegend Frauen und nur vereinzelt ein Mann. Man wendet sich nach uns um, mustert uns. Wir grüßen nach allen Seiten. An dem zugewiesenen Tisch sitzen bereits zwei Personen - zu unserer Überraschung jüngere: Ein kräftiger Mann, etwa vierzig - also etwa in unserem Alter -, der uns zuwinkt, und eine füllige Blondine, die eher schüchtern wirkt und an einer getoasteten Brotscheibe säbelt.

„Hallo, bin Manuel und das ist Maria, mein Weib!" sagt der Mann in flüssigem Deutsch und streckt uns seine kräftige Hand hin. Unsere Überraschung richtig deutend, bekommen wir sogleich erklärende Auskünfte: Manuel arbeitet seit zwanzig Jahren bei einem Chemie-Unternehmen im Raum Wiesbaden-Mainz und zwar im Bereich der Herstellung von Folien. Maria spreche wenig Deutsch, sie stamme aus seinem Heimatdorf hier in der Nähe und lebe erst seit zwei Jahren in Deutschland. *„Im Hessische bei Appelwoi un Klääß mit griner Sooß"*, grinst er. Maria winkt müde ab. Die Scherze ihres Gatten versteht sie ohne Deutschkurs. Für den habe sie auch keine Zeit mit zwei kleinen Kindern, merkt sie stockend an, vom Gemahl mit eingeworfenen deutschen Wörtern aus vollem Mund unterstützt. „Und die sind bei Marias Mutter im Dorf. Deshalb müssen wir uns jetzt beeilen", ergänzt Manuel.

Ein Hausmädchen in blauer Kittelschürze huscht lautlos zu uns an den Tisch und sieht mich fragend an. „Please tea!" stottere ich. Hilfloses Lächeln, knicksen und nach hinten zur Kollegin: „Rosa . . .?" Rosa kommt und wendet sich in flüssigem Englisch an Rita! Kurz gesagt: Es gibt nur Milchkaffee aus einer großen Blech-kanne, dazu zwei Scheiben Toastbrot und Rührei. Brot könne man nachbekommen, Margarine und Marmelade stehe auf dem Tisch in den weißen Schüsselchen mit Deckel. „The flies, you know!" Auch das verstehe ich und sehe mir die für Fliegen verbotene Marmelade an: schnittfest!

Die drei Tage im Hotel waren ein Abenteuer der beson-deren Art. In *Termas de Alcafache* waren wir gelandet. Auf der Glastür am Eingang stand zwar *Hotel*, jedoch wäre *Ferienheim für Senioren* eher angebracht gewesen.

Nicht nur ernährungstechnisch sind wir in den Nach-kriegsjahren angelangt. Abends gekochter Fisch oder gekochtes Huhn zu Reis und Karotten, am Freitag Milchreis mit Kompott aus der Dose, anschließend TV-Programm, gestern *Schwarzwaldmädel* mit Untertiteln. Zwangsurlaub in einem portugiesischen Erholungsheim für alte Menschen, für drei Monate abgestellt von ihren Familien, erklärt uns Manuel beim Abendessen. *Zur Erholung im Thermalbad*, versicherte heute Morgen die Dame an der Rezeption, als sie uns vor Bezug des neuen Zimmers die Drehknöpfe für die Armaturen aushändig-te.

Auf dem Flur packt mich plötzlich eine alte Frau in schäbigem Morgenmantel, mit dickem grauem Haar-zopf, am Arm und zieht mich zu einem lichtlosen Bret-terverschlag unter der Treppe. Immer wieder sagt sie die gleichen zwei Wörter, deutet aufgeregt auf ein Bett, das zu meinem Erstaunen hier steht. Es hängt schief zwischen Kopf- und Fußende. Hektisch winke ich Rita herbei.

„Also packen wir an!" Wir hängen die ausgeklinkte Bettlade wieder am Kopfende ein. Die kleine, dicke Frau schüttelt sich vor Freude und will uns küssen. Rita nimmt sie in den Arm, spricht beruhigend auf sie ein und streichelt sie. Die Frau nickt heftig, als ob sie jedes Wort verstehe.

Einmal mehr bewundere ich Rita, wie sie in einer solch unerwarteten Situation auf eine Person eingehen kann. Ich könnte das in diesem Fall nicht. Die Frau riecht . . . na ja, wie ungewaschene und verwahrloste alte Menschen am Morgen eben riechen können - muffig. Und ich schäme mich.

Ach, die Sache mit den Drehknöpfen!

Als wir nach der Bettreparatur das Haus zu einem Spaziergang verlassen, bittet die Dame an der Rezeption Rita zu sich. Nein, nein, den Zimmerschlüssel bräuchten wir noch nicht abzugeben. Wir würden ja nachher einen anderen erhalten und bei der Gelegenheit die Schlüssel tauschen. Sie möchte uns nur darauf hinweisen, dass wir die Armaturenknöpfe nicht weiterreichen dürfen. Den Nachbarinnen auf der Etage würde man die Dinger nur zu bestimmten Zeiten zum Duschen aushändigen. Die müssten danach auch sogleich wieder eingesammelt werden. Wir könnten uns gewiss nicht vorstellen, was dort oben geschehe, wenn Streit unter den Alten ausbricht, und das sei gar nicht selten. Sie hätte schon erlebt, dass man sich gegenseitig in die Zimmer verfolgt und die Dusche anstellt, um damit die böse Nachbarin aus dem Zimmer zu spritzen. Der Schaden sei enorm und die Kosten für die Reparaturen in aller Regel nicht einzutreiben. Die Damen verfügen ja kaum über Bares und ihre Familien verweigern die Übernahme der Kosten unter Hinweis auf die Aufsichtspflicht des Personals.

Ja, früher sei das anders gewesen! seufzt sie, mit Betonung auf *früher*. Da hielten sich die Menschen in Portugal noch an die Ordnung. Dann zuckt sie mit den Schultern und wendet sich einem alten Herrn zu, der offenbar nach einer Zeitung verlangt. Ihre Antwort ist ein barsches *No!*

Das gibt es also noch in Portugal, im Land der freundlichen Menschen, fünf Jahre nach der ‚Nelkenrevolution‘, die der Macht der Erben Salazars ein Ende setzte.

Das Örtchen *Alcafache* mit seiner römischen Brücke, den wenigen großen Häusern im Stil des 19. Jahrhunderts und den kleinen Hofzellen, scheint ziemlich vergessen zu sein von der „großen Welt“, die hier einmal kurte. Was blieb, ist außer dem anmutigen Tal des Gebirgsflüsschens der bröckelnde Verputz, die Erinnerung so mancher, die hier ihren Dienst verrichten, an die „besseren Zeiten“, - und natürlich die unerschöpfliche Heilquelle.

Zum *früher* anständigen Portugal gehört wohl auch der ‚Mutter-Kult‘ im Land, den wir schon andernorts beobachten konnten, aber noch nie so inszeniert, wie am Spätnachmittag des zweiten Tages.

Nach einem längeren Spaziergang über die Hänge des Tals staunen wir, als der Eingang des Hotels mit bunten Girlanden geschmückt ist, die Hausmädchen kichernd zum Spalier bereitstehen. Herausgeputzt in blauen Röcken, weißen Blusen und gestärkten Spitzenhäubchen, warten sie scheinbar auf einen ganz besonderen Gast. Vor der Treppe zum Hoteleingang hat eine Bläsergruppe Posten bezogen und raucht.

Wir wagen uns nicht ins Haus und warten ab, was geschehen wird. Manuel und Maria gesellen sich zu uns, weisen auf einen jüngeren Mann in schicker Uniform, ansonsten unauffällig, hinter der nervös-unruhigen Truppe der Hausmädchen. „Der Sohn des Hauses!", sagt Manuel bedeutungsvoll. Seine Mutter, die Chefin, komme heute von einem Aufenthalt am Meer zurück.

Nach etwa einer halben Stunde des Wartens - wir überlegen bereits, wie wir unbeachtet zu unserem Zimmer gelangen - fährt eine dunkle Limousine vor. Der Chauffeur springt aus dem Wagen, reißt die hintere Tür auf und verbeugt sich tief. Über gebläutem weißem Haar erscheint zunächst ein breitkrempiger Sommerhut mit kunstvoll aufgesteckten falschen Blumen, bedeckt von einem aufgelegten Schleier. Dann steigt eine recht große, schlanke Dame aus. Sie trägt ein knöchellanges, hellblaues Seidenkleid, das sie beim Aussteigen graziös anhebt, nur solange, bis sie auf hochhackigen weißen Pumps den ausgelegten roten Teppich erreicht. Jetzt setzt die Blasmusik ein.

Im selben Moment stürzt der Herr in Uniform, die Mütze in der Hand, vor ihr auf die Knie. Die Mutter, aufrecht, nur das Haupt leicht geneigt, hält ihm beide

Hände hin, die er sogleich ergreift und mehrfach in hektischer Weise mit den Lippen berührt. Daraufhin streicht sie dem Sohn über das Haar, bedeutet, dass er sich erheben dürfe und lässt sich an seinem Arm über die Treppe in das Haus führen. Dort erwartet sie die Lady von der Rezeption in dunklem Kostüm und knickst wie soeben das Spalier der Hausmädchen, - die Musiker blasen einen Tusch mit etlichen missratenen Tönen. „Die Königin von Alcafache - ich glaub, ich bin im falschen Film!", flüstert Rita kichernd. Die erscheint nochmals vor dem Eingang und winkt huldvoll der zum Empfang erschienenen Gesellschaft aus Angestellten und Dorfbewohnern zu. Die versammelte Schar applaudiert, einige rhythmisch und enthusiastisch mit grün-roten Halstüchern. Das kommt mir fast vor wie Hohn. Einfache Frauen in dunklen Faltenröcken und bestickten hellen Blusen – vermutlich eine Art von Tracht - haben Tränen in den Augen. Kleine Kinder tanzen auf der Straße, verrenken sich verzückt zu den Klängen der Blaskapelle. Einzelne Stimmen rufen laut uns Unver-ständliches dazwischen. Der uniformierte Sohn nimmt die Mütze ab und fährt sich übers Haar, offenbar beun-ruhigt.

Als ob im Hintergrund ein Schalter umgelegt würde, bricht das Zeremoniell plötzlich ab. Offizier und Mutter sind nicht mehr zu erblicken, die verkleideten Hausmädchen nehmen die Girlanden ab, die Musikan-ten stehen herum und rauchen wieder. Nur die Kinder sind noch nicht zu beruhigen, wie oft ihre Mütter sie auch mit schrillen Stimmen zur Ordnung rufen.

*

Trotz allem schlafe ich gut in Alcafache, bin rasch wieder auf den Beinen und erkunde mit Rita die Umgebung. Das Flüsschen ist zu schön, um nicht nach dem Duschen mit schwefelhaltiger Brühe an das Baden in einem seiner Kolke zu denken. In manchen könnte man sogar in begrenztem Maße schwimmen.

Als ich diesen Gedanken am Morgen des dritten Tages äußere, schreckt Rita auf - „Sagtest du schwimmen?" - und erinnert an unser zurückgelassenes Zelt.

Also kein Bad im Fluss und noch am Vormittag die paar Kilometer zurück nach Viseu, das Zelt abbauen, die Sachen im Auto verstauen und die Rechnung begleichen.

Am Abend erwarten uns Manuel und Maria. Sie kennen im Dorf eine kleine Kneipe; die Hausfrau dort sei eine gute Köchin. Statt Reisbrei eine der köstlichen Suppen, für die die portugiesische Küche bekannt ist? Und danach doch ein Bad im Fluss bei Mondschein? Das wäre doch eigentlich ein angenehmer Abschluss.

Eigentlich, denn von Suppen ist keine Rede! Stattdessen gibt in der Kneipe nun Manuel den zurückgekehrten Helden, mit uns als Publikum und Statisten der Demonstration seiner perfekten Beziehung zu Deutschland. Den Anwesenden, etwa einem Dutzend einfacher älterer Männer, spendiert er Rotwein, zieht dann mit großer Geste ein Bündel Geldscheine aus der Jackentasche und lässt es in der Runde kreisen. Jeder darf mal anfassen: zehntausend Deutsche Mark vom treuen Sohn

für die Mutter zur Erneuerung des Daches seines Eltern-
hauses!

Geschwommen sind wir aber doch noch im Flüsschen
bei Mondschein. - Unvergesslich schön!

◆

Der spanische Weg

1979

Es ist Mittag geworden in Portugal. Seit dem dürftigen Frühstück im ‚Seniorenheim' von Alcafache sind wir unterwegs zur spanischen Grenze. Eine Pause ist angesagt, darin sind wir uns einig. Hinter einer Kurve taucht ein Schild mit angerosteten Lettern auf. Es verspricht in drei Kilometern eine *Königliche Poststation*. „Historisch, Roland!", winkt Rita ab.

Trotzdem lasse ich den Wagen auf die Abzweigung zurollen, stelle mir ein Steak vom Grill vor, als Beilage geschmorte grüne Bohnen, Tomaten und Auberginenscheiben, und biege ab. Im Schritttempo holpern wir auf Schotterpiste durch Grasland. Rita stützt sich über dem Handschuhfach ab. „Mal sehen, wo wir landen, du Optimist."

Nach einer Biegung weitet sich das schmale Tal zwischen verbuschten Hängen. Wir nähern uns einem kleinen Anwesen - im Carré angeordnete Gebäude unterschiedlicher Größe. Alle weiß gestrichen, als habe der Maler letzte Woche seine Arbeit beendet. An die Weite und Lichtflut muss sich das Auge erst gewöhnen.

„Aha, das ist sie also, deine königliche Poststation!" Hinter dem einzigen Fahrzeug auf dem leeren Hof stelle ich das Auto ab. Rita bleibt auf ihrem Sitz, ich steige aus.

Umgeben von der Stille des abgelegenen Ortes verharre ich neben dem Wagen und schaue mich um. Keine Menschenseele weit und breit, nur Vogelgezwitscher und das Gurren von Tauben. Ein Windhauch trägt den Geruch von Sommergras über das Hofgelände. Gleich rechts führen seitliche Stufen hinauf zum Vorbau eines zweistöckigen Hauses.

Inzwischen ist auch Rita ausgestiegen „Komm!" fordert sie. „Schauen wir mal, ob es in diesem Paradies etwas zu essen gibt!" Oben angelangt, empfängt uns eine junge Frau: *„Bem-vindo! Entre, entre, Senhora e Senhor!"* Weiß gekleidet bis auf eine lange Schürze, die zur blauweißen Decke des schmalen Tischchens hinter ihr passt. Darauf ein frisch duftender Brotlaib neben einer Glaskaraffe mit *Vinho Verde*. Ein Strauß blühender Gräser und Kornhalme, in heller Keramikvase mit blauem Dekor, ergänzt den Eindruck ländlicher Gastlichkeit.

Die junge Frau geht voraus in den Gastraum, weist uns mit professioneller Geste einen Tisch am Fenster zu - weiß eingedeckt, gestärkte Servietten, wiederum in der Farbe ihrer Schürze - und legt ein Brett aus Olivenholz auf. Wir sind die einzigen Gäste. Dann holt sie den Brotlaib, teilt ihn in der Mitte, drückt die eine Hälfte gegen ihre Schürze und säbelt zwei dicke Scheiben ab. - Rita zieht das Brett zu sich, riecht an den Brotscheiben. „Hmmm, wie gerade aus dem Ofen geholt. Dazu brauche ich nicht mehr viel!"

Die weiße Frau lächelt, geht zum Tisch im Vorraum, gießt Wein in Gläser und stellt sie zum Brot. *„Saúde! . . . Alamanos?"* Sie hat das Autokennzeichen gesehen. Auf Deutsch, etwas stockend, gemischt mit portugiesischen Worten, erfahren wir, dass es heute zuerst eine Boullion gebe, sodann wahlweise Hühnchenbrust gegrillt oder *tripas em Vinho Verde,* zu jedem Gericht Reis und als Nachspeise frisches Obst, soviel wir möchten.

„Von Hühnerfleisch habe ich genug, dann lieber die Kutteln", seufzt Rita. - "Also für beide *tripas*?" - „Aber ja, sehr gerne!"- „Für Dame nicht so viele?" - „Bitte eine ganz normale Portion. I can tell you in English . . .?" - „No, no! Bin gewesen ein Jahr in Francoforte in Restaurant von Bruder. . . in Winter wieder dort. Deutsch ist gut fur mich. Sie sind heute zweite deutsche Gäste. *Antes de dos horas* sind hier gewesen viele Leute, jetzt nur noch Huhnchen und *tripas*."

Die Kutteln sind ausgezeichnet, die Aprikosen und Weintrauben danach ebenfalls. - „Portugal verabschiedet sich wirklich charmant nach der Sparkost im Altersheim!" meint Rita, geht zum Tresen und begleicht die Rechnung. Wieder am Tisch sagt sie: „Du, stell dir vor, umgerechnet gerade mal zehn Mark für jeden!", und zieht mich vom Stuhl hoch. - Das ist auch nötig. Ich würde es hier bei Kaffee und kleinen Törtchen noch etwas länger aushalten. Doch wir sind noch nicht einmal bis zur Grenze gekommen und wollen weiter durch Spanien.

*

Breitbeinig lässig steht er neben dem Wagen, schäkert mit dem Kollegen am Schlagbaum. Der hat die Arme abgelegt auf der MP vor seinem Bauch. Eine fordernde Hand kommt durch das offene Seitenfenster . . . blättert in den Pässen. Dann erscheint ein Gesicht in der Fensteröffnung, mustert Rita. Wortlos wird ihr der Pass hereingereicht. Das Gesicht sucht nun meins. Ich beuge mich vor. Die Hand hält den zweiten Pass durchs Fenster, wieder wortlos. Der Schlagbaum geht hoch. Der mit der MP fordert uns mit knapper Geste zum Passieren auf. Wir sind in Spanien angelangt.

Noch vor einer Stunde im grünen Tal und nun eingetaucht in die Nachmittagshitze der Meseta. Im einströmenden Fahrtwind, die Seitenfenster herabgelassen, verfolge ich auf der Straßenkarte die Route auf der Nationalstraße in Richtung Burgos über Salamanca und Valladolid. Eintöniges Geradeaus auf der Hochfläche, selten ein Fahrzeug in der Gegenrichtung. Der Rest einer Schokoladentafel klebt zwischen Straßenkarte und Betriebsanleitung. Das Mineralwasser wird knapp.

Spanien im August 1979!

Zu einem früheren Zeitpunkt wäre ich wahrscheinlich nicht auf die Idee gekommen, das Land auch nur zu streifen. Für diese Abneigung steht einerseits mein väterlicher Freund Paul - er war nach seiner Flucht vor den Nazis von 1937 an am Spanischen Bürgerkrieg auf republikanischer Seite beteiligt - andererseits seit Kindheit der Ekel vor braunem Gebrüll und Machtgehabe. Auch jetzt bin ich nicht als Kulturtourist hier, eher mit dem unguten Gefühl, als Deutscher entweder auf die Schulter geklopft zu bekommen oder eisige Ablehnung zu erfahren. Für diese Ambivalenz stehen für mich zwei Bilder: die „*Helden der Legion Condor in ihren Flugzeugkanzeln*" [1] - O-Ton der NS-Wochenschau, vor zwei Jahren zum 40. Jahrestag des Luftangriffs auf Guernica im Fernsehen erneut zu hören- und Picassos Wandgemälde *Guernica,* das Grauen und Leid dieses Bombardements ins Bild setzt.

In welche Richtung sich das ‚neue Spanien' nach der zweiten freien Wahl im März dieses Jahres unter Suàrez, einem Nationalkonservativen mit reichlicher Franco-Erfahrung, nun entwickeln wird, das frage ich mich. Erst recht heute nach dem gleichgültig herrischen Gehabe der Grenzer.

*

Vor Salamanca wird der Verkehr dichter. Rita möchte abgelöst werden. Ein Straßenschild weist auf die Umfahrung des Stadtzentrums Richtung Valladolid. „Kannst du noch, bis wir vorbei sind? Irgendwo in der beginnenden Zivilisation wird es hoffentlich eine Tankstelle mit WC geben." - „Aber dann übernimmst du wieder!"

Schweigen, - Wind bläst gelblichen Staub über das Land. Die Umfahrung zieht sich. Salamanca ist eine große Stadt. Wir überqueren einen Fluss.

„Dort vorne, Rita, kommt eine Shell-Tankstelle!"

Ich tanke nach. Sicher ist sicher! Wer weiß, wie weit wir mit dem Rest in der Weite Spaniens gekommen wären?

---

[1] am 26. April 1937

Benzin und Brot dürfen für mich nicht knapp werden, sonst werde ich panisch. . . . Brot? Gegenüber im Shop wird es vielleicht etwas geben, und wenn es diese industriell gefertigten Sandwiches in Dreiecksform sind.

Rita schwingt erleichtert zurück. Ich hänge den Füllstutzen ein. „Rita, gehst du zur Kasse? Dann bring Mineralwasser und was Essbares mit. Der Geldbeutel mit den Peseten ist im Handschuhfach!" rufe ich ihr entgegen und eile zur Toilette.

Es wird Abend. Fast 400 Kilometer sind wir bereits unterwegs - und noch über eine Stunde bis Burgos auf der N 620. Es ist abzusehen, dass wir bis Biscarosse einen weiteren Tag brauchen werden. Noch am Abend in Burgos ein Zimmer finden? Vermutlich illusorisch! Wir beschließen, unser Glück hier auf dem Land zu versuchen. Zelt aufschlagen oder Hotelzimmer?

Wir halten Ausschau, erfolglos! . . . werden immer nervöser. „Schau, ein Schild *Basilica visigòtica*! Mach doch mal langsam!", höre ich erregt vom Nebensitz - zu spät! „Dann nimm die nächste kleine Straße", drängt Rita. „Wo eine Sehenswürdigkeit ist, gibt es auch ein Hotel!" Sie möge recht behalten! Wir folgen den Schildern, dann taucht sie in der Abendsonne auf, eine klein und unscheinbar anmutende Kirche auf freiem Gelände.

Ein Blick, und wir sind uns einig: Anhalten, aussteigen! Auch aus der Nähe wirkt sie bescheiden: Ein Vorbau mit hufeisenförmigem Bogenportal und landestypischem Glockentürmchen, bedrängt vom Langhaus zwischen zwei niedrigen Seitenschiffen. Dahinter ist eine halbrunde Apsis zu vermuten. „Frühromanisch, Roland? Was meinst du?"

Ich habe noch keine Meinung, aber eine im Boden steckende Tafel neben dem Portal entdeckt. „Rita, aus dem siebten Jahrhundert!", rufe ich ihr zu. Sie schlägt sich mit der Hand vor die Stirn: „Visigòtica - natürlich westgotisch, Völkerwanderung! . . . In dieser Gegend hätte ich eher römische Reste vermutet und bestimmt keine so frühe Kirche. Komm, die müssen wir uns von innen ansehen!"

Die Anspannung ist vergessen. Wir sind in unserem Element: Gemeinsam entdecken, staunen, rätseln, mit all den Gedankenflügen und Überraschungen, die sich daraus zufällig ergeben.

Die Tür ist verschlossen, also umkreisen wir das kleine Bauwerk im Abendlicht. Massive, fensterlose Mauern und kein weiterer Zugang zum Hauptraum. „Waren die Westgoten nicht Arianer wie andere germanische Völker? Diese Kirche also ein geschützter Raum für sie?"

„Ich glaube hier eher Nicaener, Rita. Zur Zeit des Baus dieser Kirche wird das entschieden gewesen sein, dreihundert Jahre nach dem Konzil."

„Aber welche germanischen Völker waren zuvor Arianer, welche Nicaener? Den Streit gab es doch zu der Zeit." - „Kann ich nicht eindeutig sagen. Das ist ein Hin und Her gewesen um die richtige Würdigung Jesu-Christi als Gottessohn, zwischen dem Oströmischen und Weströmischen Reich. Letztendlich hat sich im Westen die Trinitätslehre durchgesetzt, also die Gleichheit von Gottvater und Gottsohn in Einheit mit dem Heiligen

Geist, siehe unser Glaubensbekenntnis!"

„Hm, dann wäre der wehrhafte Baustil dieser doch recht kleinen Kirche als Ausdruck der Bedeutung eines Provinzfürsten zu sehen," . . . „der als Eindringling in einem fernen Land Präsenz zeigen musste,". . . „und als getaufter Germane die römische Basilika-Architektur übernommen hat, Roland. Allerdings angesichts der Leistung antiker Baumeister geradezu simpel. Aber das ist ja leider Spekulation, was wir hier betreiben." - „Schauen wir uns doch jetzt lieber nach einer Unterkunft um!"

Im anschließenden Ort stoßen wir tatsächlich auf ein kleines Hotel. Auch ein altes Gemäuer und über dem Torbogen der Hofzufahrt eine Muschel – Zeichen für eine Station auf dem Jakobsweg.

„Was heißt auf Englisch Pilger?", frage ich. „Ich meine *pilgrim*. Warum?" - „Weil wir uns auf einem Ast des Jakobswegs befinden, da drinnen einen frommen Eindruck machen sollten und nach einem Strohbett in der Scheune fragen."

„Ich bin jetzt zu müde für Scherze. Lass uns hineingehen! Du bleibst hinter mir, schaust meinetwegen fromm zu Boden und ich probier's mit meinem Englisch."

Der dicke schnauzbärtige Kerl hinter dem Tresen brummt nur nach ihren ersten Sätzen, ruft nach seiner Señora und reibt weiter gewaschene Gläser aus. Die kommt aus der Küche, trocknet die Hände an der Schürze ab und verlangt nach ersten englischen Worten nun ihrerseits lautstark nach der Tochter. Aus dem Nebenraum, einem kleinen Büro, eilt eine junge Frau herbei. Sie hört Rita aufmerksam zu, fragt nach unseren Pässen, führt uns ins Obergeschoss . . . und wir haben ein Zimmer für die Nacht, mit einzelnstehenden Betten! Wäre noch das Abendessen zu erwähnen: Pizza! Und statt duftendem Wein aus der Karaffe Dosenbier und Cola aus dem Kühlschrank.

Am nächsten Morgen stehen wir früh auf. Vor uns liegen weitere 400 Kilometer bis zum Campingplatz bei Biscarosse. Das Kirchlein der Westgoten wollen wir aber vorher noch von innen besichtigen. Im Hotel hieß es, *Padre Don Fernando*, der Gemeindepfarrer, komme nach der Frühmesse *por regla general* dort vorbei.

Kurz nach acht - das Portal ist abgeschlossen. Nochmals umrunden wir die Basilika. Rita fotografiert, ich bin mit der Setzweise der exakt behauenen Kalkquader beschäftigt, und darin sind wir uns einig, dass der hintere Bereich späteres Stückwerk ist und wenig harmonisch wirkt.

Während ich an einem der Seitenschiffe die Quader mit der Hand überstreiche und keine Mörtelfüllungen fühle, winkt Rita mich herbei. Vor dem Portal steht sie bei einem Herrn in Soutane und Rundkragen. Der Priester, ein älterer, schlanker Mann mit lebhaften dunklen Augen im schmalen Gesicht, begrüßt mich auf Französisch. „Je suis Don Fernando, le curé ici." Er verbeugt sich leicht. Dann greift er unter die Soutane und zieht einen großen Schlüssel hervor, öffnet das Portal und lässt uns passieren.

An das Dämmerlicht müssen sich die Augen erst gewöhnen. Dann gewahren wir die Säulen beidseitig des Hauptschiffes. Zu je vier stützen sie die Bogen und das Mauerwerk mit den kleinen Fensteröffnungen. Don Fernando geht auf die erste Säule zu, streicht geradezu zärtlich über ihre matthelle, glatte Rundung und meint knapp: *„romain, marbre"* - also römischen Ursprungs und aus Marmor. Rita lächelt und Don Fernando ergänzt höflich: „Trouvé à deux pas d'ici".

Mithin gibt es sie doch, die Hinterlassenschaften der Römer. Der Erbauer kannte aus seiner Heimat das Bauen mit Holz und hat sich mit dieser Kirche der Kultur seiner Umgebung angepasst, vermutlich mit Hilfe einheimischer Baumeister und Handwerker. Im Resultat auch ein Zugewinn an Anerkennung seines Machtanspruchs als regionaler Fürst germanischer Herkunft. Die Epoche der Völkerwanderung war nach dem, was ich hier sehe, am Ende etwas anderes, als ausschließlich ein Brandschatzen, Plündern und Morden germanischer Kriegerhorden, die angeblich als unzivilisierte Besatzungsmacht mit der römischen Vorkultur nichts anzufangen wussten.

Rita schlendert bereits mit der Kamera durch die Kirche, Don Fernando hält sich im Hintergrund. Er scheint uns Zeit lassen zu wollen. So tauche auch ich ein in die Dämmerung des südlichen Seitenschiffs. Der Lichteinfall hat mich dorthin gelockt. Die römischen Marmorsäulen glänzen in den Lichtbündeln, die durch die kleinen Fensteröffnungen von der hohen Wand ins Innere gelangen. Jetzt fallen mir auch die Blattkapitelle auf. In diesem sonst schmucklosen Raum muten sie an wie das Kronenblattwerk eines fremdartigen Baumes. Sind sie erst mit dem Bau der Kirche entstanden oder waren sie, wie die Säulen, schon vorhanden?

Sich das Bauwerk in seiner sakralen Bedeutung vorzustellen, verhindert die museale Leere. Zur Zeit seiner Nutzung werden liturgisches Gerät, feierliche Gewänder, vermutlich auch Tafelbilder und farbige Skulpturen im Schein von Fackeln und Kerzen das Innere belebt haben. Ich würde Don Fernando gerne fragen, ob meine Vorstellung der damaligen Wirklichkeit nahekommt. Einerseits möchte ich ihn aber jetzt nicht behelligen, andererseits bräuchte ich dazu Rita. Die streicht hinter mir vorbei und flüstert beim Fokussieren auf die Kapitelle: „Quasikorinthisch, aber echt großartig." - „Mir fehlen nur ein paar brennende Kerzen", flüstere ich ihr zu.

Vor der Apsis wartet Don Fernando, der uns wohl schon eine Weile beobachtet hat. *„L' Église est consacré à Saint Jean-Baptiste en 699."* Er zeigt auf die Steintafel am Übergang zum Altarraum, die aber kaum zu lesen ist. *„Selon notre comptage en 651."*

„Mein Gott, so alt und so gut erhalten!" staunt Rita und will sogleich ins Französische wechseln. *„Oh Madame, ich habe Sie verstanden. Oui, das ist ein miracle"*. . . Er lächelt geradezu gewinnend: *„Maintenant möchte ich Ihnen noch zeigen ein ganz großes Wunder!"* Er spricht Deutsch - auch ein *miracle*.

Er geht uns voraus zu einem Nebenraum und nun braucht er den kleinen Schlüssel, den er unter der Soutane an einem Kettchen trägt. Das Aufschließen dauert. Im Halbdunkel muss er die Schlüsselführung der Sicherheitsschlösser ertasten, nimmt dabei das Kettchen nicht ab.

Dann ist es soweit, er drückt die schwergängige alte Tür auf . . . und wir sehen in einen Raum, den ein gewöhnlicher Küchentisch unter einer grünen Plastikdecke fast ganz füllt. Links in der Ecke ein Schrank mit zwei verglasten Türen, verwaschene blassrosa Vorhänge hinter den Scheiben. „Moment!" Don Fernando sieht uns kurz mit wissendem Lächeln an und öffnet vorsichtig die knarrenden Schranktüren . . . Wir gewahren einen eingebauten Tresor.

Nun braucht er einen zweiten Schlüssel vom Kettchen, entriegelt die stählerne Sicherheitstür und schaltet im Schrank eine Beleuchtung an.

Vor uns steht eine etwa 50 Zentimeter hohe Figur: Eine zierliche männliche Gestalt in antiker Gewandung unter einem bodenlangen Umhang, aus dem die rechte Hand mit ausgestrecktem Zeigefinger auf Buch und Lamm weist, vom linken Arm gehalten. Um die Hüfte ist eine dicke Kordel geschlungen und aus dem Unterkleid kommen seine nackten schlanken Beine hervor. Fast anrührend zerbrechlich blickt er uns aus seinem Schrein entgegen.

„Saint Jean-Baptiste - siècle VII - fait en alabastre! Pardon, Sie sagen . . . ?" - „Johannes der Täufer, aus Alabaster und so alt wie die Basilika, vor rotem Samt wie ein König", ergänzt Rita. Sie darf ihn fotografieren . . . *„bitte sans flash!"*

Das dauert! Belichtung messen, bei diesen Lichtverhältnissen Blende und Zeit von Hand einstellen, fokussieren, Luft anhalten, auslösen – und das mehrfach. Ich habe den Padre inzwischen gebeten, zwanzig Mark für diese exklusive Überraschung anzunehmen. „Für die Erhaltung der Kirche, sonst muss ich mich schämen vor *Saint Jean*", meint er lachend.

Während er den Geldschein unter der Soutane verwahrt, erlaube ich mir zu fragen, woher er sein Deutsch habe.

„Ach, das ist für mich keine gute Geschichte", sagt er zögernd und dann berichtet er doch, immer wieder nach Worten suchend, dass seine Mutter Deutsche gewesen sei, sein Vater aus Sevilla stamme. Der habe in Göttingen Medizin studiert und dort die Mutter kennengelernt. Zu Hause in Sevilla sprach man Deutsch, - er sollte auch einmal in Deutschland studieren können.

„Dann kam Franco an die Macht. Mein Vater ist geflohen nach Argentina. Er war engagé für die Republikaner. Mich hat Mama nach Frankreich auf ein Lycée geschickt. Ich sollte nicht Falangisten in die Hände geraten." Die Mutter sei als Tochter eines jüdischen Vaters an Hitler-Deutschland ausgeliefert worden, fährt er fort. Von ihr habe er nie wieder etwas gehört. „Vielleicht jetzt möglich nach Ende der Diktatur in España", sagt er und streicht sich über die Augen.

Ich bin sprachlos! Rita ist mit dem Fotografieren fertig, spult den Film zurück und tauscht im Dunklen neben dem Schrank die Filmpatronen im Apparat aus, atmet durch, kommt zu uns. Don Fernando berührt sie am Arm.

„Madame, Sie beide sind ein Paar mit viel, viel Interesse an Kultur, wie ich bemerkt habe. Auf junge Deutsche wie Sie habe ich gehofft. Kommen Sie bald wieder. Es ist für freundliche Menschen nie zu früh, sich wieder zu begegnen. Haben Sie Kinder? . . . Oh zwei Töchter! Dann kommen Sie sicher nach Hause. Ich werde für Sie beten – *Au revoir e merci!*" Er reicht uns die Hand.

Nach wenigen Schritten wenden wir uns noch einmal um. Da steht er in der Tür und schaut uns nach - Padre Fernando in der dunklen Soutane vor der knabenhaften Figur des *Jean-Baptiste* im Licht der kleinen Neonröhre.

♦

Fabrizio

1982

Acht Uhr durch - auf der Terrasse lausche ich nach dem Knattern der *Ape*. Vom Weg unterhalb des Hügels ist nichts zu hören. Fabrizio wollte längst hier sein. Es hat aufgeklart. Der Wind schiebt die Gewitterwolken weiter gegen die Alpen. Über dem Sarca-Tal hängt noch immer eine dunkle Wand. Ein Hauch lauer Luft streicht von der Ebene herauf. Es riecht nach Erde und nassem Gras. Ein wunderschön klarer Morgen.

Gegen Abend waren von Südwesten hinter dem See Gewitterwolken aufgezogen. Im Wetterleuchten zeichneten die Gipfel über dem Westufer eine gezackte dunkle Linie am dämmrigen Himmel, begleitet vom dumpfen Grollen des Donners aus der Ferne. Noch schien nicht entschieden, wohin das Gewitter ziehen würde. Das ist hier oft so. Die Lichter von Riva und Arco bis hinauf in die besiedelten Hanglagen schienen der Gewitterstimmung zu trotzen. Doch nach und nach wurde der Himmel über dem See und der weiten *Busa*-Ebene dunkler, bis eine schwarze Wolkendecke letztes Abendlicht verdrängte. Bald zuckten Blitze und ihr grelles Licht verwandelte Bergwände und Ebene für Sekundenbruchteile in eine bizarre Szenerie. An Schlaf war nicht zu denken.

Längst war das Gewitter nun auch über unserem Hang. Blitze zischten mit metallischem Pfeifen zu Tal. Unmittelbar setzte der Donner ein und erschütterte die Scheiben. Noch fiel kein Tropfen. Ich blieb am Fenster - ängstlich und fasziniert. Dann setzte wie auf ein geheimes Kommando sintflutartiger Regen ein. In dessen Wasserfront ließ der Austausch elektrischer Ladung nach und damit auch meine Furcht vor einem Einschlag. Ich konnte endlich ins Bett.

Rita schien das Gewitter gar nicht mitbekommen zu haben. Verschlafen fragte sie: „Warum kommst Du jetzt erst?" Im selben Moment erhellte einer der letzten Blitze die Stube. „Schau mal nach, ob die Mädchen schlafen", lallte sie und zog die Decke über den Kopf.

*

Ich kehre zurück ins Haus, nehme den Teebeutel aus der Tasse und belege ein trockenes *panino* von gestern mit Schinken. Eventuell reicht die Zeit zu einem zweiten. Bei geöffneter Terrassentür müsste die Ape zu hören sein. Im Haus ist es noch still.

Fabrizio und ich haben uns vorgenommen, während der Pfingstferien das Gelände auf der linken Seite des Ferienhauses zu terrassieren. Eine Auflage der Kommune schreibt eine abgedichtete Sinkgrube unter dem Wiesenstück vor, das den Hang zum Weg hin abschließt. Zwei Mauern aus Bruchsteinen sollen im Zusammenhang mit dieser Maßnahme entstehen. Im oberen Bereich eine hüfthohe, etwa sechs Meter lang, wenig darunter eine wesentlich höhere, leicht gebogen zur vorhandenen Mauer hin, die den kleinen Hof gegen den Hang begrenzt. Der läuft im erwähnten relativ flachen Wiesenstück an der Zufahrt aus. Der Aushub soll zum Auffüllen der entstandenen Terrassen und der alten Sickergrube dienen - ein weiterer ‚Bauabschnitt', wenn wir schon lange wieder zuhause sein werden.

Es klopft an die Scheibe, Fabrizio steht vor der Terrassentür. „Entschuldige, bin spät, *temporale* in der Nacht. Steine sind bald da, habe angerufen. „Vieni, vieni Roland, prepariamo il terreno!"[2] Anweisungen gibt er gerne auf Italienisch, das sei weicher als Deutsch. Zur Untermalung seiner Ansicht hatte er gekeucht: *Schtillgee--stannden-- diiie Auggen-- gee--radde-auss!*

Der Lkw vom Steinbruch am Monte Baldo ist zu hören. Fabrizio eilt zur Ape und fährt sie vors Haus. Der Lkw folgt, stößt dann rückwärts und kippt seine Fracht auf die Wiese. Der Eigentümer, ein älterer Mann, weitläufig mit Rita verwandt, ist vorbeigekommen, sieht sich stirnrunzelnd die ausgekippten Steine an. „Wie wollt ihr die denn setzen? Da gleicht ja keiner dem anderen." Fabrizio bestätigt: „Sì, si - sono molto differenti." Der Hauseigentümer spricht kein Italienisch und Fabrizio eigentlich genügend Deutsch um sich zu verständigen. Aber irgendetwas hindert ihn heute daran. Stattdessen fordert er mich auf: „Avanti compagno, assortire!"[3]

Er beginnt kleinere Steine auf die freie Fläche zu werfen, wälzt mittlere vom Haufen und gibt mir Zeichen,

---

[2] Komm, komm . . . bereiten wir das Gelände vor!
[3] Im Sinne von „Vorwärts Genosse, sortieren!

es ihm gleich zu tun. Das dauert, und dann liegen die größten Brocken frei - „per il fondamento". Darüber ist es Mittag geworden. Fabrizio steigt in die Ape, ruft mir zu - „a più tardi!"[4] - und fährt nach Hause auf seinen Hof in der *Busa* zum Mittagessen. Ohne das geht in Italien nichts.

Am Nachmittag, wir sind noch immer mit dem Sortieren beschäftigt, steht er plötzlich vor mir, schmeißt den Stein, den er trägt, zurück auf den Haufen. „No, no, war kein Nazi, Roland! Bin bei *Alpini* gewesen, die mit Feder am Hut." Er scharrt mit dem Schuh eine Keramikscherbe zur Seite und presst heraus: „Aber mit ganze Herz für Italia!" Ich blicke kurz zu ihm hoch, ziehe dann weiter den Rechen über den Boden. Im Moment begradige ich auf seine Anweisung hin den Untergrund, um die größeren Brocken rollen zu können. Er bückt sich nach der Scherbe und wirft sie ins Gelände. „Però, Nazi, das sind gewesen die Tedeschi, nicht wir Alpini."

Es bringt jetzt nichts, sage ich mir, das Thema wieder aufzufrischen. Gestern Abend war er deutlich genug. Fabrizio zuckt nur mit den Schultern und holt die Schaufel von der Ape, beginnt den freiliegenden Boden zu glätten. „Sì, sì, solo i tedeschi!", murrt er halblaut ins Kratzen seiner Schaufel.

Gestern Abend, noch vor dem Gewitter, war ich bei ihm unten. Dieses Mal nicht in der Küche, sondern im Wohnzimmer. Er wollte mit mir besprechen, wie wir

---

[4] bis später

verfahren; im Zimmer würden wir unter uns bleiben.

Etwas abseits der Tür ein Glasschrank mit drei Gewehren: "Per la caccia!"[5] bemerkte er beiläufig. Das hatte mich nicht überrascht und schon gar nicht interessiert. Jagdwaffen zu haben, ist hier im Land offenbar üblich. Daneben entdeckte ich ein Foto an der Wand, darauf ein junger Mann in Uniform mit langer Hahnenfeder am Hut. „Sono io nel 1944 da soldato." Das klang stolz und ich betrachtete das Foto, - wohl zu kurz. Das musste ihn angeregt haben, mir nun wortreich zu erklären, dass er bei der *Brigata Monterosa* gewesen sei und bis zuletzt zusammen mit einer SS-Einheit für Mussolini gekämpft habe – *soldati bravi*, fügte er an, und dabei schwang Bewunderung mit. Hatte er denn nie von deren Schandtaten und denen der Wehrmacht in Rom und in der Toskana gehört? Nichts von dem Massaker im Val di Chiana?

Andererseits - und das bewog mich zu schweigen – durfte man denn bei uns im Land am Nimbus der Wehrmacht rütteln?

Fabrizio, keineswegs am Ende der Erklärung seiner Alpini-Zeit, begann nun von einem Patrouillen-Gang im Frühjahr 1945 zu berichten. Wo standen die Alliierten? Wie weit waren sie bereits vorangekommen Richtung Norden? Im Zugang zu den Alpentälern sei die Lage unübersichtlich gewesen und seine Einheit sowie eine Kampfgruppe der SS bereits abgeschnitten vom Zentrum in Salò. Mit einem Kameraden von der SS

---

[5] Für die Jagd !

habe er sich zur Erkundung der Passhöhe gemeldet, die sie zu überqueren hatten, um Verbindung halten zu können.

Zunächst sei alles ruhig gewesen. Dann war Motorengeräusch zu hören. Vom Tal näherte sich eine amerikanische Patrouille im Jeep. Fabrizio und der SS-Mann suchten Deckung am Hang über der Straße hinter einem Mäuerchen - wahrscheinlich eines der Art, wie wir es nun errichten sollen. Der SS-Mann deutete auf Fabrizios Karabiner, flüsterte *Feuerschutz* und robbte auf eine flache Stelle der Mauer zu, um zu beobachten. Das Fahrzeug hielt, ein schwarzer Soldat stieg aus und sah durch das Fernglas auf den Gegenhang. Plötzlich wandte er sich um. Er musste ein Geräusch hinter sich vernommen haben. Bevor Fabrizio reagieren konnte, habe der SS-Mann geschossen. Der US-Soldat kippte *wie ein gefällter Baum* - so seine Worte - vor dem Jeep auf den Weg. Der andere GI, noch am Steuer des Jeeps, gab Gas und verschwand im Rückwärtsgang hinter einer Kurve, bevor auch er ins Visier geriet.

Ich war entsetzt. Das sei doch glattweg Mord gewesen, sagte ich erregt. *„Te lo dico, Roland: Die oder wir! . . . Così è stata la guerra[6]"*, stellte Fabrizio eindringlich fest und schenkte seelenruhig Aprikosenschnaps ein.

Sollte ich das Glas zur Seite schieben und gehen? Ich habe es nicht getan.

Die Besprechung verlief kurz und sachlich. Wohl auch des sich ankündigenden Gewitters wegen, sagte ich

---

[6] Ich sage dir,. . .so war das im Krieg.

mir auf dem Rückweg

*

Bis zu diesem Moment vor dem Steinhaufen meinte ich, er habe gar nicht begriffen, wie sehr mich diese Geschichte aufgewühlt hat. Für ihn war es eine klare Sache. Zu der Zeit war es ein aussichtsloser Krieg, jeder wollte überleben und einer, der keine Skrupel und nichts zu verlieren hatte, schoss zuerst - typischerweise einer von der SS.

Über Fabrizio in dieser Situation musste ich nachdenken, als ich nicht schlafen konnte und dem Gewitter zusah. Was hätte ich an seiner Stelle getan? Die jungen Kerle hatte man doch vollgepumpt mit heroischem Zeug und ihnen obendrein mit den Folgen einer Befehlsverweigerung gedroht. Ja, sie sogar im Schnellverfahren abgeurteilt und an die Wand gestellt. - Da habe ich es heute als Jüngerer einfach mit einem moralischen Urteil. . . . Oder nicht doch eine Verpflichtung zur Stellungnahme, indem ich wenigstens meine Gefühle nicht verberge?

Für Fabrizio ist abermals die Zeit zum Mittagessen gekommen. Er steigt in die Ape und ist anschließend in seiner Ordnung. Er hat ja heute noch anderes zu tun und ich beginne die vorsortierten Steine, soweit ich sie alleine bewegen kann, weiter umzuschichten: flache zu flachen, annähernd blockartige zusammen, teilweise gerundete zu Ihresgleichen und alle anderen an den Rand. So bleiben die größten Brocken dort, wo sie nach dem Abkippen liegengeblieben sind. Aber wie werden wir sie zu zweit ohne Gerät hangaufwärts transportieren?

Mir graut vor dem nächsten Tag . . . nicht nur der Steine wegen.

*

Am nächsten Morgen beginnt er mit einer ganz anderen Arbeit, tut so, als sei das jetzt am wichtigsten. - Vielleicht ist es das sogar. Er hat Erfahrung im Umgang mit Steinen.

In großen Schritten geht er den Hang quer ab und schlägt angespitzte Holzstücke, die er mitgebracht hat, in den Boden. Dann verbindet er sie mit einer Rolle Schnur, um jedes Holz Schlinge und Knoten, so dass die leicht kurvende Linie der künftigen Mauer zu erahnen ist, holt Spaten und Spitzhacke von der Ape und bedeutet mir, den Boden dort zu lockern, wo er mit dem Spaten einsticht. Gesprochen wird wenig, - Handzeichen, Richtungsansagen per Kopfbewegung genügen. Zwischendurch erhalte ich kurze Hinweise wie di *più, di più - basta così - adesso qui* oder *meglio lì*.[7]

Es entsteht eine schmale Ebene, die er mit dem Rechen glättet und mit den Schuhen festtritt.

Danach hebt Fabrizio den ersten größeren Brocken mit dem Brecheisen an. Ich lege rasch Kiesel in den Spalt zum Boden - meine Erfahrung von Bergwerkshalden im Schwarzwald, auf denen ich gelegentlich nach Mineralien suche.

Er schaut mich erstaunt an, hebelt aber weiter an

---

[7] „mehr, mehr" - „reicht" - jetzt hier oder besser dort"

dem Brocken. Der will sich nicht bewegen. Ich hole größere Steine und klopfe sie mit dem Fäustel unter. So gerät er nach und nach in Kipplage und lässt sich nun mit Hebelkraft ein Stück weit rollen. „Bene, molto bene!" Fabrizio schlägt mir anerkennend auf die Schulter.

Und dann muss dieser erste große Stein auf die Stelle, wo er bleiben soll – Meter entfernt! Ich besehe ihn rundum, lasse mir das Brecheisen geben, unterlege es mit Buchenscheiten und schlage es schräg unter unserem Brocken ein. Wortlos holt Fabrizio weitere Buchenscheite und hämmert sie in die entstandene Kluft. Dann hebeln wir beide, er mit einem zweiten Brecheisen. Über seine ungleiche Gewichtsverteilung kommt der Stein ins Rollen. Wir nutzen jeden Zentimeter, den er sich bewegt, schieben Buchenscheite oder Kiesel nach, bis er sich wieder mit vereinten Kräften wälzen lässt - Zentimeter für Zentimeter.

Nach einer guten Stunde liegt er endlich am Platz vor der gedachten Mauer. Fabrizio wischt den Schweiß von der Stirn, klopft den Staub vom Arbeitskittel und seufzt: „Bin alt, geht so nicht! Morgen komme ich mit *ruspa*."[8]

Während ich am dritten Tag mit dem Rechen den vorgesehenen Weg für den Transport mit der *ruspa* ebne, tritt Fabrizio plötzlich neben mich und klopft mir auf die Schulter. Ich stütze mich auf den Rechen, er hebt die Arme: „Eh Roland ascolta! Schäme mich heute! No, no,

[8] Hier Traktor mit Hebehydraulik und Baggerschaufel

nicht für Alpino gewesen sein, aber mit SS für Mussolini und Adolfo Ittler gekämpft haben. Krieg war doch in Italia verloren und wir so dumm, mit Soldaten von SS noch in aprile auf Feind zu schießen. Aber war nichts zu machen - Befehl ist Befehl!"

In den folgenden Tagen verbrachte Fabrizio die Zeit bis zum Abend bei uns. Rita sorgte für *pane*, *birra*, und *prosciuttò*, bereitete den erwünschten Kartoffelsalat zu und briet Würste auf dem Gartengrill. Unsere Töchter liebten den freundlichen Alten, der immer einen kleinen Auftrag für sie hatte, wenn sie auf die Baustelle kamen. Manchmal ging er mit ihnen zu den Ziegen. Für die hatten seine Söhne unten auf dem Grundstück ein Gatter errichtet.

Zwischendurch Vesperpausen, nach getaner Arbeit das Abendessen - gemeinsame Stunden am Steintisch im Hof. Geeignet, um uns noch manche Geschichte anzuhören von einem Bauernsohn, der aus der Region Brescia stammt, vier Jahre als Alpino Wehrdienst leisten wollte, um anschließend eine Stelle als kleiner *funzionario statale* zu bekommen. Kirsch-, Nuss- und Mandelbäume hinter dem Elternhaus, vier Hektar Reben, abends im Kreis seiner Kumpane aus dem Dorf ein Gläschen Roten in der *Bar Centrale* und anschließend zur Frau unter die Decke.

So die Vorstellung des jungen Fabrizio von einem geregelten und ruhigen Leben in der Dorfgemeinschaft, abseits der damals von nationalen Gefühlen beherrschten Gesellschaft Italiens. Eigentum ist bescheiden vorhanden und man tut, was die Vorfahren getan haben:

die Reben und Obstbäume pflegen, das Land bestellen, sonntags zur Messe gehen und zum Fußball.

Doch es kam anders. – Harte Arbeit im Straßenbau während seiner kurzen Gefangenschaft, danach Jahre im Steinbruch des Zementwerks von Riva. „Sai Roland, ancora oggi ho polvere fino, fino nel polmone - una pneumoconiosi."[9] Schließlich konnte er mit Camillas und seinem Erbe einen aufgegebenen Bauernhof in der *Busa* erwerben, das seit Jahren leerstehende Haus renovieren - „più o meno una rovina e il terreno un deserto. . . ."[10]

Immer wenn es dramatisch wurde, flüchtete Fabrizio sich in die Muttersprache. Rita übersetzte und unsere Töchter kicherten. Ich war überrascht, wie interessiert sie dabeiblieben. Fabrizio erzählte aber auch mit dem ganzen Körper. Er gestikulierte, sprang auf und imitierte Leute aus einem abgeschiedenen Bergdorf, wurde ruhig und ernst, strich den beiden übers Haar, wenn es problematisch wurde. Die verstanden das Übersetzte zwar nur zum Teil, doch offenbar genug, um Eindrücke vom Leben in Italien mitzunehmen, wie sich in ihren Bemerkungen und Fragen zeigte.

Fabrizio hat zwei Söhne, die er stets zuerst erwähnt, auch zwei Töchter und drei Enkel. Die jüngere Tochter besuchte auf Camillas Drängen das *Liceo* und studiert zurzeit Zahnmedizin in Bologna. Die Söhne sind Facharbeiter und Schichtführer in einem metallver-

---

[9] Weißt Du, noch heute habe ich ganz feinen Staub in der Lunge - eine Staublunge.
[10] das Haus mehr oder weniger eine Ruine und das Gelände eine Wüste.

arbeitenden Unternehmen in der Industriezone Riva-Arco. Doch alle - bis auf die studierende Tochter – sind samt Ehepartnern nach Feierabend und an Wochenenden für den landwirtschaftlichen Betrieb der Eltern tätig.

Unserem Eindruck nach eine verlässliche Großfamilie.

*

Wir sind über die Jahre immer wieder mit unseren Kindern zum Ferienhaus am Hang gekommen. Es wuchs uns ans Herz. Vor wenigen Jahren übernahm Fabrizio die Pacht und er verstand von Landwirtschaft deutlich mehr als seine Vorgänger. Mit den Söhnen erweiterte er die Rebanlage, schnitt und wässerte die zahlreichen Olivenbäume, beugte der Verbuschung auf unbearbeiteten Teilen des Geländes durch Rodung vor und baute die Wege so aus, dass sie mit dem Traktor zu befahren waren.

Es blieb nicht aus, dass der Eigentümer uns in die Erhaltung seines Ferienhauses einbezog, zumal wir uns mit den Handwerkern einigermaßen verständigen konnten. So entstand das Projekt, mit Fabrizios Unterstützung das Hangstück neben dem Haus zu terrassieren. *

Eine Woche haben wir mit den Steinen gerungen, dann standen die beiden Mauern mit Hilfe der *ruspa* und der seiner Söhne nach Schichtende. Fugen und Hohlräume waren noch mit Zement auszugießen. Das müsse sein, meinte Fabrizio, wenn man mit der Arbeit an den Terrassenmauern nicht nach jedem Winter oder Starkregen von vorne beginnen wolle.

Es wurde manchmal spät. Die Ape knatterte den Hangweg hinunter, die Töchter gähnten und gingen freiwillig ins Bett und hinter der Bergkette am westlichen Ufer des Gardasees schimmerte das Abendrot. Rita brachte die zweite Rotweinflasche, vom Tal stieg warme Luft auf und die Grillen gaben ein Nachtkonzert. - Sommerabende nach getaner Arbeit - und keine schlechte Art von Ferien.

*

Zwei Jahre später

Seit unserem Mauerbau nennt mich Fabrizio *collega*. Mit Rita darf ich heute seine Reben vor dem Haus hochbinden, die er beschneidet. Unsere Töchter haben wir dieses Mal nicht dabei, die sind bei den Großeltern in Schwetzingen geblieben.

Während einer Pause bietet Fabrizio an, uns seine Heimat zu zeigen, das *richtige Italia*, drüben über der Grenze des *Trentino* in der *Regione di Brescia*.

„*Brescia* la Leonessa d'Italia", schwärmt er von der Stadt und führt uns bei Kaffee und Hefegebäck in ihre Geschichte ein, die selbstverständlich auch die der Region ist. Brescia kennen wir bisher noch nicht. Zu weit, zu langweilig für die Kinder, vermuteten wir - und erwarten nun, *die Löwin* unter den Städten Italiens kennenzulernen.

Die Pause wird länger, wir binden noch bis zum Abend Reben hoch und der endet bei Pizza und Rotwein und mit der Verabredung zu einer Tour am Wochenende. Selbstverständlich mit unserem Auto, denn Fabrizio hat keines, nur die Fahrerlaubnis für den Traktor und seine dreirädrige Ape. So käme er endlich wieder einmal in seine Heimat und könnte alten Freunden begegnen. Wir würden ja inzwischen einigermaßen Italienisch verstehen. Er weist auf seine Frau und grinst: „Chi capisce Camilla, può capire tutti in Italia."[11] Die lacht, schlägt mit dem Küchenhandtuch nach ihm und holt den Terminkalender vom Küchenbuffet.

Am Samstag erwartet uns Fabrizio bereits um acht auf dem Hof - barbarisch früh für uns in einer Ferienwoche ohne Kinder. In beiger Hose, dunkelblau kariertem Hemd, Blouson über der Schulter, läuft er vermutlich seit einer halben Stunde auf und ab. Zeigt sich ein Familienmitglied, erteilt er gewiss Anweisungen für den Tag. Dem älteren Sohn Matteo sind wir an der Zufahrt von der Straße auf dem Traktor mit Bodenfräse begegnet. Der jüngere Luca flickt das Gatter für die acht Milchschafe weiter hinten auf dem Gelände. Aus dem Küchenfenster dringen Radiomusik und das Geklapper von Geschirr. Drei der mittlerweile vier Enkelkinder toben mit Fahrrädchen, Roller und Dreirad auf dem Hof; das jüngste, ein Baby, schläft.

Camilla kommt im geblümten Sommerkleid aus dem Haus, schwenkt zwei gut gefüllte Plastiktaschen.

---

[11] Wer Camilla versteht, kann jeden in Italien verstehen.

„Il nostro pranzo",[12] erklärt sie und läuft zum Auto. - Zeichen zum Start zu einer abenteuerlichen Fahrt über Bergstraßen in die uns unbekannte Gegend des nördlichen Gardasees.

Aufwärts in Schluchten - rechts die Felswand, links der Abgrund, die Straßen unbefestigt, ebenso ihre Ränder. Tunnel-Passagen in knapper Fahrzeugbreite, nur mit Hupe und Fernlicht zu überstehen. Und dann Kurven, die man ausschließlich durch Rangieren nehmen kann. Kommt einer entgegen - Gott sei Dank höchst selten -, setzt der bergab Fahrende bis zur nächsten Auskehlung am Hang zurück. Ich schwitze am Steuer, oder aus Angst, wenn Rita fährt und ich in die Abgründe blicke.

Jedoch keineswegs die beiden auf dem Rücksitz: Camilla entdeckt in unregelmäßigen Abständen ihr bekannte Häuser und Kirchen und Fabrizio zählt die Freunde und Verwandten auf, die er in der Gegend hatte oder noch hat.

Vor einem Ferienhaus mit großem Garten voller tragender Kirschbäume sollen wir anhalten. Dahinter ein Steilhang zum Canyon eines schäumenden Baches, den wir weiter unten auf einer Holzbrücke überquert haben. „Il proprietario è un tedesco, Dottore Mueller, un buon amico da tanti anni",[13] erklärt Camilla und kramt in der Handtasche nach einem Schlüssel. Den lässt sich Fabrizio geben und steigt aus. Nach dem Außenanschluss des Wassers will er schauen - „nessuno ci è stato

---

[12] Unser Mittagessen
[13] Doktor Müller, ein guter Freund seit vielen Jahren

dall'autunno!"[14] Ob wir Appetit auf Kirschen haben, fragt Camilla. Mir würde eine Handvoll reichen, aber Fabrizio denkt gar nicht ans Pflücken und verschwindet hinter dem Haus. Nach einer Weile kommt er mit einem großen Zweig voller reifer Kirschen zurück. „Abgebrochen?" Achselzucken - „rotto!" grinst er.

So viele tiefdunkelrote süße Kirschen habe ich in meinem Leben noch nie gegessen.

Die nächste Station ist uns bisher nur von Ferne oder als Postkartenmotiv bekannt: Der senkrecht in den See ragende Felsen südlich von Riva, unmittelbar bei *Tignale*. Wir steuern den Ort von der Landseite an. Wiederum das Rallye-Gefühl, jedoch mit der zusätzlichen Schikane, durch enge Dörfchen zu gelangen, ohne mit dem Wagen an Mauern zu streifen. Einmal mehr bewundere ich Rita, wie sie die Nerven behält. Und das alles, um einen Vetter Camillas zu besuchen, nicht etwa die im *Garda-Führer* erwähnte Wallfahrtskapelle am *Monte Castello*.

"Un'altra volta!"[15], wehrt Fabrizio ab.

Während der Anfahrt erzählt Camilla von dem unglaublichen Appetit ihres Vetters. Geht er auf die Jagd - morgens um fünf -, steckt er zwanzig Brötchen ein, zwei für den Hund und für sich eine ganze Salami nebst einer Flasche Weißwein, er vertrage keinen Roten. Vergangene Ostern habe seine Frau für den Besuch der Verwandtschaft zwölf *panettoni* gebacken. Als sie am Tag zuvor in den Keller kam, waren noch drei da - und ihr

---

[14] Seit dem Herbst war niemand mehr hier.
[15] Ein Andermal!

Mann mal wieder auf der Jagd. Das Gelächter der beiden auf dem Rücksitz erschüttert das Fahrzeug - zusätzlich zum Rumpeln über die Unebenheiten der Straße.

Wir sind angekommen. - Umarmungen vor dem Haus, der Vetter ist nicht dabei. Seine Frau weist wortlos nach innen. Dort sitzt er in der Küche, ein kräftiger, aber nicht dicker Mann, vor einer Schüssel mit etwa dreißig gekochten Eiern und dem Hund zwischen den Beinen. Er nickt uns freundlich zu, schlägt in aller Ruhe Ei um Ei auf, greift ab und zu nach einem Weißbrotkanten - und isst, isst ohne Unterbrechung und bleibt stumm. Camilla stellt uns wortreich im Dialekt vor. Ich verstehe wenig, nur Brocken wie *amabile, professori,* und *molto intelligente . . . und einem Kaffee nicht abgeneigt,* hätte sie anfügen dürfen.

Stattdessen wird nun der Balkon zum Thema. „Sì, sì, prego!", lockt die Frau des Hauses. Und dann stehen wir etwa 400 Meter über dem Abgrund. Unter uns glitzern die Wellen auf dem tiefblauen Wasser des Sees in der Mittagssonne – es ist die Stunde der *Ora,* dem warmen Talwind aus dem Süden, in dessen Schub eine Segelregatta in Formation Richtung Norden gleitet. Der Kaffee ist vergessen.

Fabrizio drängt zur Abfahrt. Wenige Kilometer nur und wir bemerken den Grund: In einer schonungslos unromantischen Parkbucht an der Straße halten wir und Camilla packt die Vorräte aus: eine Thermosflasche mit Kaffee, Panini mit Schinken, Salami und Käse aus Eigenproduktion, Mineralwasser und . . . gekochte Eier sowie einen *Panettone*. Alles wohl unvergleichbar besser, als das Angebot vom Straßenhändler an der Zufahrt, der im Schatten neben seinem schrottreifen Fiat-Lieferwagen döst. „Der Gefräßige hat angesteckt", raunt Rita und lacht. „Ach, und hinter die Büsche sollte ich auch mal. Aber überall der Müll!"- Wir hatten keine Wahl.

Als wir wieder auf dem als Pausenplatz gedachten Stamm sitzen und die Anzahl der Panini reduzieren, verlangt Fabrizio die Straßenkarte und sucht die *Giunzione al Lago di Idro*.[16] Nach *Capovalle* will er, etwas abseits gelegen, nennt aber keinen Grund. Ungewöhnlich, hier ist doch sozusagen Heimatgebiet für ihn.

Das klärt sich vor Ort. Er lässt sich aus Camillas Handtasche ein Kuvert geben, murmelt etwas, was so viel bedeutet, wie *bin gleich zurück. Muss nur Brigadiere T. einen Brief übergeben.* Camilla nickt stumm. Mir scheint, die Situation ist ihr peinlich, und ich ahne, was der Zweck dieser Tour ist.

Nach wenigen Minuten kehrt Fabrizio zurück. Auf einem der Balkone des Hauses gegenüber erscheint im Bademantel ein weißhaariger *Leone* und legt die rechte Hand zum Gruß an die Schläfe - noch immer *Brigadiere*, den ein motorisierter Bote erreicht hat, in deutschem Fahrzeug und mit deutschem Fahrer - beinahe wie damals, in den Tagen von *Salò*.[17]

---

[16] Abzweigung zum Idro-See
[17] *Repubblica di Salò* – der ‚Rest' des faschistischen Italien, ausgerufen 1943 in Salò am Gardasee nach Mussolinis Befreiung aus der Gefangenschaft im September, ausgeführt von einem Sonderkommando der Wehrmacht. Diese

Nun nennt Fabrizio uns den Grund: In dem Brief bittet er im Auftrag einer Gruppe ehemaliger Alpini um Verlegung des Kameradschaftstreffens der *Brigata Monterosa* nach Riva. Den greisen *Brigadiere* würde gewiss einer seiner Söhne fahren. Aber das sei vertraulich, ginge ja sonst niemanden etwas an, meint er.

Das Kapitel „Freunde treffen" ist abgeschlossen, und nun hat er es eilig: Zurück über *Gargnano* auf der westlichen Uferstraße des Gardasees. Für *Brescia* sei es ohnehin zu spät. *Alle cinque* will er zu Hause sein, Kühe melken, die Milch zur Abgabe am frühen Morgen vorbereiten. Er könne ja nicht alles den Jungen überlassen, die müssten morgen früh zur Schicht.

◆

nur kurzlebige Republik war ein Vasallen-Staat Hitlers, gedacht als Bollwerk gegen die Alliierten.

Ulica Walecznych

Ulica Walecznych, schon lange nicht mehr *Friesenstraße!* Die beiden Wörter hatten wir auf einem Zettel dabei, um ihn gegebenenfalls vorzuzeigen auf der Suche nach der Straße meiner frühen Kindheit. Auf einem Stadtplan von Wrocław, den Barbara uns gab, waren die Namen der kleinen Straßen nicht vollständig eingetragen. Sie hatte uns zur Straßenbahn-Haltestelle begleitet und beschrieben, wo wir umsteigen sollten, um den *Plac Grunwaldzki* zu erreichen. Von dort aus müssten wir uns durchfragen. Bei älteren Leuten könnten wir es durchaus auf Deutsch versuchen. Völlig ausgestorben sei die Sprache in Breslau noch nicht, wie im „bösen Westen" behauptet würde. „Nein, nein, der Westen ist nicht böse. Na, vielleicht manchmal. Aber die Wahrheit ist doch, wir kommen den Veränderungen nicht hinterher."

Barbara ist ein Jahr älter als ich und Chefin unseres Partner-Lyzeums. Sie steht der *Solidarność* nahe und macht keinen Hehl daraus. Wir verstanden uns auf Anhieb, auch weil sie Deutsch spricht. Als Kind einer deutschen Mutter und eines polnischen Vaters hat sie es nie ganz verlernt.

Jetzt konnte sie nicht mitkommen, denn sie hatte eine Konferenz in Vorbereitung des neuen Schuljahres zu leiten. „Wisst ihr, es ändert sich alles, alles bei uns!

Ich weiß manchmal nicht, wo mir der Kopf steht. Englisch wird jetzt erste Fremdsprache. Aber woher nehmen wir die Lehrer?"

So waren wir auf uns gestellt an diesem Nachmittag im Juni 1989.

*

Als meine Familie die Stadt im Januar 1945 fluchtartig verließ – die Front kam immer näher -, war ich fünf Jahre alt, nahm also schon Erinnerungen an Orte mit, die für ein Kind etwas bedeuten. Ob sie aber hinreichen würden, die Straße, auf der ich gespielt habe zu finden, das Haus, wo ich wohnte zu erkennen? Ich hatte Zweifel. Kindliches Erinnern ist ein Puzzle selten zueinander passender Teile. Doch auf eines kann ich mich verlassen: auf meine Erinnerung an den Einfall des Sonnenlichts an einem Ort, an dem ich schon einmal war.

Eine Groborientierung in der Stadt hatte ich vor ein paar Tagen bei einer Stadtrundfahrt gewonnen. Rita war nicht dabei. Ein pensionierter Richter - wie so viele heutige Breslauer ursprünglich aus *Lemberg* - führte unsere Schülergruppe durch Wrocław, und das tat er anrührend auf den noch sichtbaren Spuren der ehemals deutschen Stadt. Er erklärte ihre Baugeschichte, kannte die Namen der Architekten, auch die deutschen Straßennamen - und wunderte sich, dass die deutschen Schüler so gar nicht nachfragten. Ihn aber zu veranlassen, die ‚Friesenstraße' anzusteuern, vermied ich, um nicht den Eindruck eines „Heimweh-Touristen" entstehen zu lassen. - Erlernte Scham.

Das „Entdecken" heute auf eigene Faust wurde nun zu einem echten Abenteuer. Die Straßenbahn fuhr, draußen zog die Stadt vorbei, und über den kleinen polnischen Stadtplan konnte ich mich nur annähernd orientieren. Zunächst war mir alles fremd, aber die Richtung schien zu stimmen. Dann kam mir eine Kirche bekannt vor: St. Michaelis? Auch auf unserem Stadtplan hieß sie so.

Hier hatte mein Großvater an Feiertagen Orgel gespielt. In den Kriegsjahren selten, da er 1943 als Kriegserfahrener aus dem Ersten Weltkrieg doch noch eingezogen wurde, obwohl er schon 58 Jahre alt war. Zwar nicht an die Front, aber im unmittelbaren Hinterland war er an der *Frontleitstelle Ost* als Offizier eingesetzt. Was er mir später auf langen Spaziergängen über die verzweifelte Lage der polnischen Zivilbevölkerung und vor allem der Juden aus Krakau berichtet hat, prägt immer noch mein Bild von Nazi-Diktatur und Wehrmacht.

Mit diesen Gefühlen steige ich an der nächsten Haltestelle aus. Zur Friesenstraße kann es nicht mehr weit sein. Nur in welcher Richtung? - Das Licht der Sonne kommt jetzt, am frühen Nachmittag, von rechts, also etwa von Süden. Dann muss mein Kindheitsrevier östlich liegen.

Ohne Erklärung schlage ich diese Richtung ein. Wir folgen einer südöstlich verlaufenden größeren Straße, doch auch hier ist mir alles fremd. So unbekannt, dass ich zu Rita sage: „Lass uns umkehren! Die Michaelis-Kirche ist ein Splitter in meiner Erinnerung. Und überhaupt schäme ich mich, in einer heute polnischen

Stadt meiner deutschen Vergangenheit hinterherzulaufen."

Rita aber gibt nicht nach, obwohl für sie ja kein unmittelbarer Bezug besteht. „Nur noch zehn Minuten! Es könnte doch noch etwas kommen, was du wiedererkennst", spornt sie mich an.

Wir queren einen Kanal, dann eine weitere Straße. Und tatsächlich, das Gebiet kommt mir bekannt vor. Wohnten hier in der Nähe nicht die Böhms? Ich eile voraus und rufe ihr zu: „Du, das wird der Lehmdamm sein! Dann ist das hier die Michaelisstraße, Rita. Auf der linken Seite könnten bald ein Milchgeschäft und ein Laden kommen, in dem wir Gemüse und Kartoffeln gekauft haben."

Rita holt auf, und ich bin beim Erinnern nun nicht mehr zu bremsen. „Du, der Ladenbesitzer hinkte, war aber immer zu lauten Späßen bereit. Einmal wird er sein Lachen verschluckt haben, als ich laut an Onkel Herberts Hand sagte: *Väterchen Stalin* und *Onkel Molotow*. Die Umstehenden husteten. Onkel Herbert mahnte mit dem Zeigefinger auf dem Mund: *Na, na, was sagst du da für dummes Zeug!* So hatten wir das geübt."

Einen Gemüseladen in der Michaelisstraße gibt es nicht mehr, doch an den mit Sperrholz verkleinerten Schaufenstern ist er noch zu erahnen. Von Milch, Gemüse, Kartoffeln und Ladenbesitzern keine Spur, aber im Fußwegbereich meines Kindheitsreviers bin ich jetzt angelangt. Rita kann mir kaum folgen.

Eine der nächsten Seitenstraßen nach links und wir stehen vor dem Eckhaus Friesenstraße. - Rita deutet auf ein Straßenschild.

„Schau hier, *Ulica Walecznych*!"

Ich sehe mich um: Verblasst, aber noch zu erkennen ist der schwarze Mann mit Hut an der Wand des gegenüberliegenden Eckhauses – der Schriftzug *pst! Feind hört mit!* ist abgewaschen. Auch den Draht gibt es noch, den Onkel Herbert vor fast fünfzig Jahren vom Dach unseres Hauses als Antenne diagonal über die Straßenkreuzung gespannt hatte. So konnte er *BBC London* empfangen, *Glenn Miller* und die Musik der anderen Big-Bands hören. Für ihn die Musik der Freiheit. Zwölf Jahre jünger als meine Mutter, hasste er seit seiner Zeit bei der HJ die ‚Nazibonzen'. Hatte er Urlaub von der Panzertruppe, klang *In The Mood* in voller Lautstärke aus der Mansarde. Ich weiß noch, welche Ängste das auslöste. Seine Begründung: *Ob sie mich an die Wand stellen oder ich im Panzer verrecke, das ist doch egal!*

Nach wie vor ein Wunder, dass der stramme Blockwart Hilscher aus dem Souterrain des Nachbarhauses, - ich kenne ihn nur in seiner braunen SA-Uniform - keine Meldung ‚nach oben' weitergeleitet hat. Auf den Empfang von ‚Feindsendern' stand die Todesstrafe.

Die Haustür zur Friesenstraße Nr. 35 steht weit auf. Mit Kribbeln im Nacken nähere ich mich und sehe von der Schwelle auf die vertrauten blauen Kacheln im Eingangsbereich. Rita schlüpft an mir vorbei zur Klingelleiste. „In welchem Stockwerk hat deine Familie gewohnt?"

Ist das jetzt wichtig? Ich würde mich nie trauen zu läuten, geschweige denn die Treppe hinauf zur ersten Etage zu gehen. Auf der befand sich die Wohnung der Großeltern. Ich stehe vor dem Eingang, die alten Fliesen gibt es noch, der Draht biegt sich über der Kreuzung und mehr brauche ich in diesem Moment nicht! Womit sollten wir einer polnischen Familie unser Erscheinen begründen? Etwa mit der Aussage: Ich habe hier als Kind bis Januar 1945 gelebt, und dann mussten wir vor den Russen flüchten? Vielleicht ist auch diese Familie vor den Deutschen Truppen und Besatzern *irgendwohin* geflohen. Das *Irgendwo* wurde nach dem Krieg sowjetisch und die Familie musste eine neue Heimat finden, da ihr alles genommen war. - Scham hoch zwei!

Aber Rita lässt nicht nach: „Komm, wir läuten oben an der Wohnungstür. Du kannst doch sagen, dass du dich nur ein einziges Mal davon überzeugen möchtest, ob deine Kindheitserinnerung an diese Wohnung auch stimmt. Das wird man verstehen, glaube ich, und du brauchst nicht länger zu zweifeln, dass die anderen Geschichten, die dir im Kopf geblieben sind, zutreffen."

Überzeugt von der moralischen Rechtmäßigkeit eines solchen Versuches bin ich nicht. Aber die Aussicht, das Kapitel ‚Friesenstraße' abzuschließen, lockt mich doch. Jetzt wäre ich frei dafür. Niemand aus der Familie würde mehr mit seinen Vorurteilen gegenüber 'den Polacken' meine Wahrnehmungen ablehnen. Alle, mit denen ich hier gelebt habe, sind gestorben, meine Mutter im letzten Jahr. Onkel Herbert ist schon lange nach Kanada ausgewandert, - er hätte mir wahrscheinlich als einziger zugehört. Also steigen wir die Treppe hinauf und läuten.

Zunächst tut sich nichts. Ich mahne bereits zur Umkehr, da hören wir Schritte auf dem Korridor. Dann wird die Tür so weit geöffnet, wie eine Sicherheitskette das zulässt.

Im Türspalt zeigt sich das Gesicht einer jüngeren Frau. Ich sage meine drei polnischen Wörter: „Dzien dobry . . . niemiecki . . ." und lächle verlegen. Rita zeigt auf mich und beginnt auf Englisch zu erklären, wird mit „fine, okay!" unterbrochen und bekommt gesagt, dass die Dame sich rasch etwas überziehen müsse.

Zwei Minuten später fällt die Sperrkette, und eine junge Frau mit kurzen braunen Haaren und offenem Blick aus hellen Augen bittet uns einzutreten. Unkompliziert und freundlich.

Ich habe mich bereits darauf eingestellt, ins Wohnzimmer geführt zu werden, dessen Lage ich ja kenne, aber sie lenkt uns zu einem kleineren Raum, früher das Schlafzimmer der Großeltern, jetzt eine Art Gastzimmer mit einer roten Chaiselongue, an die ich mich sofort erinnere. Auf dem Korridor stapeln sich Kartons aller Größen. Das sieht nach Umzug aus. Hat sie die Wohnung eben erst bezogen oder zieht sie demnächst aus?

Das klärt sich sogleich: Nächste Woche ziehe sie nach *Gdansk* zu ihrem Mann, der als Offizier der Handelsmarine dort in der Stadt nur ein kleines Zimmer gehabt habe. Lag sein Schiff für längere Zeit am Kai oder auf Dock, musste er den weiten Weg nach Wrocław auf sich nehmen, um bei ihr zu sein und war stets unter Zeitdruck. Vor einem halben Jahr habe er eine Wohnung gefunden, ein bisschen kleiner als diese hier, und sie sei als Ärztin nach Gdansk versetzt worden.

"You like to have tea?"

Die kleine Pause während sie den Tee zubereitet kommt mir sehr gelegen, denn über ihre Freundlichkeit hinweg sehe ich in das Gewölk der polnisch-deutschen Geschichte. Ist ihre Familie aus Lemberg, dem heutigen *Lwów* in der sowjetischen Ukraine vertrieben, und wie viele hier in Wrocław angelandet?

Ich frage Rita, ob verstanden worden sei, dass ich in dieser Wohnung einmal gelebt habe. „Aber selbstverständlich, das hat sie sofort kapiert! Sie ist doch eine sensible Frau."

Und wie zur Bestätigung kommt sie mit drei Teegläsern auf einem Tablett und meint beim Absetzen, ich müsse ja eventuell einige Möbel wiedererkannt haben. Rita übersetzt und sieht mich fragend an.

Nein, das sei nicht der Fall nach den vielen Jahren, antworte ich rasch. Das eine Lüge zu nennen, wäre übertrieben. Die Frau, deren Name ich nicht verstanden habe und den ich nicht nachzufragen wage, zieht sich einen Stuhl heran und beginnt zu erzählen. Immer mit Pausen, damit Rita übersetzen kann.

Nach der zwangsweisen Umsiedlung von Lemberg nach Breslau hatte man ihren Eltern 1947 diese Wohnung zugewiesen - ausgeplündert, verwahrlost, nach einem Granattreffer an der Front zur Straße beschädigt. Ein Teil der Möblierung sei wahrscheinlich noch vorhanden gewesen. Die Eltern seien auch nur mit zwei Koffern hier angekommen, froh, überhaupt etwas vorgefunden zu haben, sagt sie, und hätten begonnen, die Räume bewohnbar zu machen. 1948 sei sie auf die Welt gekommen und habe ihr Leben bis zum heutigen Tage in dieser Wohnung verbracht, sei in der Nähe zur Schule gegangen, habe an der Medizinischen Akademie in Wrocław studiert und anschließend in verschiedenen Kliniken der Stadt gearbeitet. Andere Städte in Polen wie Warschau und Stettin kenne sie nur von Verwandtenbesuchen, Masuren und die Ostsee-Küste von Urlaubsaufenthalten. Vor fünf Jahren sei ihr Vater verstorben, drei Jahre später die Mutter.

Rita fasst mich am Arm und meint geradezu beschwörend: „Ganz ähnlich wie bei Dir!"

„What did you tell him?"

Rita wiederholt auf Englisch und erklärt ihr, dass außer mir alle aus der Familie, die Erinnerung an diese Wohnung haben, nicht mehr leben. Sie erzählt von meinen Großeltern, meiner Mutter und ihrem Bruder Herbert. Als sie erwähnt, dass wir vorhin den Antennendraht entdeckt haben, der es Onkel Herbert ermöglichte, Glenn Miller über BBC zu hören, lachen wir alle. Der Großvater, ein Lehrer, sei übrigens als Organist in der Michaeliskirche tätig gewesen. Zum Schluss beschreibt Rita ein Foto, das den kleinen Roland mit seinem Modellflugzeug spielend auf der sommerlichen Friesenstraße zeigt.

Ja, meint die Frau, sie habe sich schon immer gefragt, wer wohl zur deutschen Zeit hier gewohnt hat. Dass sie darauf ausgerechnet in ihren letzten Tagen in dieser Wohnung eine Antwort bekäme, könne man doch als einen wundervollen Ausklang der Geschichte begreifen. Sie empfinde das so und würde nächste Woche in dem Bewusstsein nach Gdansk ziehen, ein offen gebliebenes Kapitel geschlossen zu sehen. In absehbarer Zeit werde hier eine neue Familie einziehen und ihre Geschichte in diese Räume tragen.

Der Abschied ist herzlich. Wir wünschen uns alles Gute, auch für die Zukunft unserer beiden Länder mit diesem gemeinsamen Heimatpunkt für sie und mich. Adressen tauschen wir keine aus, sind uns unausgesprochen einig, dass die heutige Begegnung nicht zu wiederholen ist.

„Uff! - wer hätte das erwartet?" meint Rita vor dem Haus. „Mir ist Breslau ein ganzes Stück näher gerückt . . . und du frischst endlich dein bisschen Englisch auf!"

◆

Sardinien auf Nebenstraßen

Der Italienisch-Kurs hatte sich aufgelöst. Wir wollten weiter diese Sprache lernen und baten Roberta, uns privat zu unterrichten. Ein Buch[18] hatte uns so sehr berührt, dass wir beschlossen hatten, nach Sardinien zu fahren. Gavino Ledda, kaum älter als Rita und ich, erzählt darin seinen steinigen Weg vom Analphabeten zum Philologen und Schriftsteller, der er heute ist.

Wir schwärmten von der Kultur Italiens, fühlten uns seit Jahren in Arco und Umgebung wie zu Hause, waren in der Toskana unterwegs, badeten im Mittelmeer, hatten aber keine Ahnung von dieser Insel.

Was war das für ein Land, in dem ein sechsjähriges Kind nach einem knappen Monat in der Schule wie selbstverständlich vom Vater aus der Klasse geholt wurde, um von nun an Schafe zu hüten?

Ewa, unsere polnische Freundin in Wrocław, war ein Jahr zuvor mit einer Oberstufenklasse in Nuoro gewesen. Auf das Buch angesprochen, meinte sie, sie habe zwar nur Teile im Nordosten Sardiniens kennengelernt, es ginge aber - abgesehen von wenigen großen Städten und Küstenregionen mit Tourismus - auf der *gebirgigen und steinigen Insel,* so ihr Ausdruck, wohl noch immer

---

[18] Gavino Ledda, *Padre Padrone,* deutsche Erstausgabe 1978, 2. Auflage 2001

recht archaisch zu. Die Natur sei wunderschön, doch die Bevölkerung eigentlich arm. „Wisst ihr, wie in manchen Bezirken Polens auch heute noch. Na ja, arm wie die Kirchenmäuse und rückständig."

Auf ihre Bemerkungen hin hatte ich mich über das ‚rückständige' Sardinien schon ein wenig informiert und war dabei auch auf die Geologie der Insel gestoßen - meine Art, mich auf einen neuen Raum einzustellen.

Von Ewa bekamen wir die Adresse ihres Austauschkollegen am Lyzeum in Nuoro. Wir schrieben Signore Giacomino Z. an und baten ihn um Unterstützung bei der Vermittlung einer Ferienwohnung. Umgehend schickte er uns die Anschrift seiner Familie in Posada mit Fotos der zur Gästewohnung ausgebauten Räume in einem Anbau. Wir sollten uns recht bald melden, am besten telefonisch. Falls unser Italienisch nicht ausreiche, könnten wir uns auch auf Englisch verständigen. Er brauche Englisch ohnehin für seine Korrespondenz mit Kollegen und Verlagen im Ausland. Auf wen waren wir da gestoßen?

*

Von Livorno am Abend unter Verdi-Klängen ausgelaufen, kam die Fähre am frühen Sonntagmorgen in *Olbia* an. In einer engen und stickigen Kabine hatten wir mäßig geschlafen und außer einem schnellen Kaffee nichts gefrühstückt.

Zunächst bot sich uns das übliche Bild einer von Technik und Kommerz geprägten Hafenstadt, doch dann, vom Auto aus mit jedem Kilometer nach Süden, zeigten kleinere Ortschaften ein anderes Bild, als wir es von Italien gewohnt waren: stehengeblieben in der Zeit, ärmlich.

Posada - in Hanglage an einem Felsen, von einer Burgruine gekrönt, – wirkte dagegen geradezu versöhnlich. Doch auf der Suche nach der uns genannten Adresse bemerkten wir auch hier das schier Provisorische der An- und Erweiterungsbauten inmitten des alten Ortes, dem wohl keine Denkmalpflege sein ursprüngliches Gesicht zurückgeben kann.

Ein hartes Urteil nach nur wenigen Stunden auf der Insel.

Im Haus unserer Gastfamilie empfing uns eine ältere, dunkel gekleidete Frau. Sie ließ sich sofort das Bündel Lire-Scheine für die Miete geben, zählte nach und schob es in die Rocktasche unter ihrer Schürze. Dann bat sie uns herein. Sie trug Schwarz, eine Art Halbtracht mit weitem, langem Rock, Schürze, Ärmelbluse und Kopftuch. Wir haben sie nie in einer anderen Kleidung angetroffen, die Familienälteste und ‚Chefin'. Später erfuhren wir von Giacomino, dass sie sich seit dem Unfalltod ihres ältesten Sohns vor etwa zehn Jahren schwarz kleide und niemals das Grundstück verlasse.

An einem riesigen ovalen gedeckten Tisch saß ein gutes Dutzend Personen aller Altersgruppen und erwartete das Sonntagsessen. Auch wir warteten, denn einer fehlte noch - Giacomino Z., Sohn der schwarzen Dame und eine Ausnahmeerscheinung in der bäuerlich-handwerklichen Tischrunde seiner Familie. Als er kam, winkte er kurz, begrüßte per Umarmung die Mutter, danach uns mit einem ersten Wortwechsel: Verlauf der Reise, unsere Eindrücke von der Ferienwohnung, die Lage des Hauses mit Meerblick und die Vereinbarung, nach dem Essen zu einer wenige Kilometer entfernten Salzlagune zu fahren. Dort habe man in den vergangenen Tagen Flamingos gesichtet.

Unser weiteres Gespräch mit ihm zog sich hin. Noch immer standen wir am Tisch und alle warteten auf das Essen, uns geduldig, scheinbar oder wirklich interessiert zuhörend. Selbst die schwarze Frau, die sonst den Ton vorgab, hielt sich zurück. Giacomino Z. war hier die absolute Respektsperson. Erst als er sich setzte, nicht ohne uns aufzufordern gleichfalls Platz zu nehmen, wurden Salat- und Brotschüsseln aufgetragen, sogleich gefolgt von großen Platten mit gebratenen Kaninchen. Ausgerechnet Kaninchen! Nun dirigierte die schwarze Dame die Verteilung der Kaninchenkeulen und Halbstücke, selbstverständlich zuerst an ihren Sohn und seine deutschen Gäste. Ich zögerte, warf einen hilflosen Blick zu Rita, und prompt landete eine doppelte Portion auf meinem Teller. Das Brot wurde herumgereicht, Gläser mit Wein oder Wasser aufgefüllt. Giacomino flüsterte uns zu, das Wasser sei für die Stillenden und Schwangeren am Tisch. Darauf schlug er uns über den Teller gebeugt vor, uns zu duzen. Wir seien ja Kollegen.

Knöchelchen krachten, es wurde laut, man lachte

und wir verstanden kein Wort: Sardisch!

Sprach Giacomino uns an - eher Rita, die rascher als ich verstand -, blickte die eine oder der andere auf und hörte zu.

Giacomino sprach langsam und betont, damit wir verstehen konnten. Ich hatte den Eindruck, alle anderen am Tisch verstanden weder ihn noch uns - also kein bis wenig Italienisch.

Auf der Fahrt waren uns Steinbauten in der freien Landschaft aufgefallen, offenbar sehr alt und zerfallen. Da war Giacomino beim Thema - seinem Thema als einem, der die Geschichte Sardiniens und die Sprache der Region erforschte.[19] Wir erfuhren, dass man diese Jahrtausende alten steinernen Zeugen aus der Bronzezeit *Nuraghen* nenne und sie mit den Lebensformen der gleichnamigen Hirtenkultur zu tun hatten.

Die Bedeutung der Schafwirtschaft für die Insel habe sich bis in die Gegenwart erhalten, in der Region Nuoro von einer expandierenden Steine-Industrie in der Fläche bedrängt und von den Politikern in Rom gerne übersehen. Zu viele Probleme mit dieser ‚rückständigen' Bevölkerungsgruppe, die ihre Schafherden einfach dorthin führe, wo die Nahrung fänden! Nach wie vor bringe eine Herde Schafe zwar etwas Wohlstand, die Hoffnung liege aber nun auf dem Tourismus. Eine vage Hoffnung in einem zwar schönen, aber kargen Land, meinte er.

„Vedete! Qui a tavola, una famiglia tipica sarda!"

---

[19] Vgl. auch: Giacomino Zirottu, Posada (1946 - 2007) aus: wikipedia.org

Außerhalb der großen Städte lebten Großfamilien traditionell weitgehend in Selbstversorgung - noch immer! fuhr er fort. Ordentlich bezahlte Arbeitsplätze fehlten. So müsste man in den Familien zusammenhalten, die alten Häuser ausbauen und mit ein bisschen Gemüse- Obst- und Weinanbau zurechtkommen, auch mit etwas Landwirtschaft, wo die Böden es hergäben und manche mit Gelegenheitsarbeit.

In den Städten und an den Küsten mit Badestränden laufe das Leben selbstverständlich anders.

„Schaut euch mal an der *Costa Smeralda* um! Da werdet ihr ein ganz anderes Sardinien entdecken, ein Sardinien, das in Prospekten der Reiseunternehmen verlockend angepriesen wird. Leider, oder - *grazie a Dio?* - nur an wenigen Stellen der Insel."

Er lachte in sich hinein, fast ein wenig verlegen: „Die Insel ist für die Festland-Italiener nach wie vor so eine Art Kolonie . . .",

. . . „und wir Sarden die unbequemen Ureinwohner", ergänzte in verständlichem Italienisch ein Gast, der gerade hereinkommen war und mit großem Hallo begrüßt wurde.

„Il mio collega è un poeta", erklärte Giacomino und klopfte ihm auf die Schulter. Bestens informiert sei er über die Geschichte der Insel und sehr beliebt, denn er schreibe Gedichte und Lieder in sardischer Sprache.

*

Nun liegen sie vor mir, viele Jahre später, die Dias auf der Landkarte des nördlichen Sardiniens, in Häufchen auf Orten und Routen. - Gestapelte Erinnerung!

Dass ich mich Ihnen wieder so intensiv widmen würde, hätte ich mir nicht vorgestellt, geschweige denn, dass der alte Projektor noch funktioniert. Und dann durchstreife ich über sechs Diakästen lang die Insel, wie ich das mit Rita getan habe. 1997 war das, vor mehr als zwanzig Jahren.

Nein, die Fotos alleine sind es nicht, die mich nach so langer Zeit wieder in die Landschaft eintauchen lassen. Temperatur, Wind, Düfte und Geräusche vermag die Kamera ohnehin nicht zu speichern, auch nicht meine Stimmung bei der Aufnahme. Aber es ist die Erinnerung daran, die sie hervorrufen und anregen, in Gedanken zurückzukehren, - und das ist gar nicht so einfach.

Wo das Auge verweilt, greife ich zur Kamera. Momentane Eindrücke! Für meine Gesamtwahrnehmung von Landschaft spielt jedoch die Vorstellung eine Rolle, wie im Laufe der Jahrmillionen Bewegungen der Erdkruste, klimatische Einflüsse und die Pflanzenwelt die Bedingungen geschaffen haben, die wir jetzt antreffen. Den Bezug brauche ich, dann gelingt mir auch das Erzählen.

So wird z.B. Sardinien gerne als Kontinent im Miniformat - als Mikrokontinent - beschrieben, auf dem aus den verschiedenen Erdzeitaltern praktisch alle Gruppen von Gesteinen vorhanden sind - vom Paläozoikum, dem Erdaltertum vor etwa 544 Mio. Jahren, bis zum Neozoikum, der Erdneuzeit seit etwa 65 Mio. Jahren. Der wesentliche Grund dafür sind die driftenden Kontinentalplatten. Noch vor 35 Mio. Jahren lag Sardinien zusammen mit Korsika am südlichen Rand der europäischen Platte - etwa vor der heutigen Rhône-Mündung - und driftete aus dieser Position nach Südosten, drehte sich dabei gegen den Uhrzeigersinn um 35° auf die Adriatische Platte zu, bis Sardinien und Korsika vor erst zwei Mio. Jahren in heutiger Lage zum Stillstand kamen. Den Antrieb besorgte die sich nach NO gegen Europa vorschiebende Afrikanische Platte. Deren Druck ist nach wie vor gegeben, und so presst das mitgeschobene Sardinien in Richtung Mittelitalien, was dort zuweilen die Erde beben lässt.

Sardinien ist sozusagen wie ein Schiff zu begreifen, das die gesamte Gesteinslast der zurückliegenden drei Erdzeitalter trägt.

Menschen hinterließen erste Spuren vor etwa 20.000 Jahren, siedelten sich nachweislich vor 6.000 Jahren an, zunächst im Süden der Insel, und nahmen seit der späten Jungsteinzeit kulturelle Einflüsse aus dem Mittelmeerraum auf. Seitdem drangen in zeitlichen Intervallen Völker aus umliegenden Kulturen erobernd und kolonialisierend in Sardinien ein, wie phönizische, römische, sarazenische, byzantinische pisanische und auch spanische Spuren in Architektur und Sprache belegen - im Ganzen ein lückenhaftes Mosaik. Nur die *Nuraghen* sind Zeugen einer eigenen kulturellen Entwicklung, die eines Hirten- und Bauernvolkes im kargen und schwer zugänglichen Inneren.

*

Die große *Strada Statale 131* Olbia - Nuoro haben wir an diesem Morgen bei *Siniscola* verlassen, folgen nun einer gelben Straße nach Westen Richtung *Buddusò*. Gelb bedeutet: schmal, in diesem Fall ansteigend auf 676 m unter dem *Monte Tundu* nach *Lodè*, durch blühende Macchia, vorbei an der Klosteranlage *S.S. Annunciata*. Das Innere der Insel ist jetzt, Ende Mai, grün!

Der nächste Anstieg folgt in Windungen der Talschulter oberhalb der Steineichen-Wälder an felsigen Hängen entlang. Von der Passhöhe fällt der Blick auf eine wellige Heidelandschaft und zuweilen auf Reste der Nuraghen-Weidegebiete.

Wir haben uns vorgenommen, auf dieser Fahrt Richtung *Sassari* die *Nuraghe Loelle* bei Buddusò aufzusuchen. Giacomino meinte, dort bekämen wir einen recht guten Eindruck von solch einer Anlage. In deren Umfeld sind dann auch etliche kreisförmige Fundamente auszumachen, Reste einer ganzen Siedlung.

die Nuraghe Loelle

81

Der zentrale mehrstöckige Turmbau mit zwei Kammern war wohl nicht nur zu Wohnzwecken bestimmt. Wir gewinnen den Eindruck, dass die Nuraghen-Erbauer Zentren mit häufig kleinen, wachturmartigen Türmen von geringerer Höhe besaßen, als Markierungen und zum Schutz ihrer jeweiligen Weidegebiete. Aus der massiven, wehrhaften Bauweise dieser Groß-Nuraghe mit lokalen Granitblöcken schließen wir auf eine Art ‚Adelssitz'.

Später finden wir an einer kleineren Nuraghe Scherben von Tongefäßen und ein Webgewicht. Als wir sie mit schlechtem Gewissen Giacomino zeigen, meint er beruhigend, die seien wahrscheinlich neueren Datums. Nuraghen wurden bis in die Gegenwart als Wetterschutz und Sammelpunkt der Herden genutzt. Und wartende Hirten, die im Prinzip Wolle produzieren, haben immer etwas zu tun.

Nun wollen wir weiter bis *Siligo*, genauer gesagt bis *Baddevrústana,* dem Gebiet, wo Gavino Ledda, als Kind alleine gelassen, die Schafe des Vaters zu hüten hatte. Hier war er mit dem Sardisch des Nordwestens ohne Schulbesuch aufgewachsen. Erst beim Militär auf dem Festland hatte er Italienisch gelernt, bis er sich nach Ablauf seiner Dienstverpflichtung in Salerno in ein Internat einschreiben konnte. Der Familie zusehends entfremdet, erlangte er die *maturità* und studierte ab 1966, mittlerweile achtundzwanzig Jahre alt, romanische Philologie in Rom.

Dass hinter der beherrschenden Rolle seines Vaters auch die soziale Ungerechtigkeit stand, die in alter

Tradition der Lebensführung auf der Insel wurzelte, aber auch der Wirkungslosigkeit zeitgemäßer Reformen zuzuschreiben ist, wird gleich zu Beginn des Buches *Padre Padrone* deutlich, wenn der Vater der Lehrerin erklärt:

. . . Ich will den Jungen holen. Er muss die Schafe hüten und sie bewachen. . . . Er gehört mir. Und ich bin alleine. Ich kann die Herde nicht unbewacht lassen, wenn ich hierher nach Siligo komme, um Milch in die Molkerei zu bringen oder Proviant zu holen. Ich habe noch anderes zu tun als Schafe zu hüten. Will ich mit Anstand leben, ohne meinen Nächsten zu bestehlen, muß ich einen Teil des Weidelands für den Familienunterhalt, pro su fittu de domo[20], mit Getreide anbauen.

. . . Gavino wird, so klein wie er ist, die Schafe hüten, wenn ich die Getreidestoppeln unterhacke oder die Reben beschneide oder im Olivenhain arbeite, den ich mir angelegt habe. . . . Sie sehen, das alles kann ich gar nicht alleine machen, wenn ich auch noch die Schafe hüten muß. Passt aber niemand auf sie auf, dann gehen sie mir noch an die Reben oder ans Getreide; und wir können nicht ein ganzes Jahr lang ohne Brot leben. . .

Auch der Vater ist also ein von Armut Getriebener, gleichwohl sein Verhalten darauf hindeutet, dass er streng, unnachgiebig und auf seine Vorstellungen beharrend, kaum Verständnis für sein Kind aufbringt und über dessen Chancen ohne elementare Bildung überhaupt nicht nachzudenken scheint. Hier schließt er an

---

[20] Sardisch: Getreide zur Versorgung des Hauses (der Familie) hier verstärkend verwendet

die Tradition an, dass ein Sarde hart zu arbeiten hat, keine Bücher zu lesen braucht. Die Bibel erklärt der Herr Pfarrer, die Formulare füllt der Ratsschreiber aus. Die Frau wird er dem Sohn eines Tages schon aussuchen, sobald die Mitgift stimmt – basta, è cosi!

Welchen Eindruck von der Landschaft Gavino Leddas würden wir mitnehmen, nachdem wir ihm über Buchseiten hinweg auf seinem Hirtendasein gefolgt sind?

Einen Ort namens *Baddevrústana* finden wir nicht, trotz intensiven Suchens, haben jedoch später festgestellt, dass wir in unmittelbarer Nähe vorbeigekommen sind. Auf unserer Fahrt durch Streusiedlungen zeigt sich ein anderes Landschaftsbild als das erwartete. Und selbst wenn in Siligo an einem Haus die Tafel zu finden wäre - *Hier wurde am 30. Dezember 1938 der Schriftsteller Gavino Ledda geboren!* - so allenfalls aus verspätetem Lokalstolz! Darauf können wir verzichten. Es ist bereits Nachmittag und wir geben auf.

Ein Andermal, reden wir uns ein.

Heute weiß ich, dass es dieses andere Mal nicht gegeben hat und dass wir uns auf dieser Fahrt übernommen haben. Wir fuhren und fuhren, die bequeme Begründung im Kopf, der Weg sei das Ziel - wechselnde Landschaftseindrücke, eine Nuraghe hier, eine alte Kirche dort, wie die *Santissima Trinità di Saccargia* bei *Codrongianos* auf dem Rückweg. Ein anderes Sardinien!

Wir hielten an und stiegen in der späten Nachmittagssonne hinauf zur ‚Heiligen Dreifaltigkeit'. Byzantinisch das T-förmige Kreuz des Grundrisses, pisanisch die weißen und schwarzen Streifen des Mauerwerks. Vom Kloster, dem sie zugehörte, nicht einmal Fundamentreste. Nach dessen Aufgabe werden die sardischen Bauern die Steine für eigene Zwecke verwendet haben.

Noch ein weiter Weg bis *Siniscola*, dem Kreuzungspunkt mit der Küstenstraße. Wir fahren weiter, dem Abend entgegen. Durchs Autofenster fällt der Blick auf die Höhenzüge der Bergkette im Abendlicht, gleitet über Heidehänge zum Schatten im Tal, entdeckt in der Ferne eine Ansiedlung, wendet sich zur anderen Straßenseite und erwartet einen Hinweis, wo genau wir uns auf der Strecke befinden. Dabei bleibt er auch auf die vorbeistreichende Macchia gerichtet.

Pause! Bei nächster sich bietender Gelegenheit - eine Ausbuchtung im Hang, vom abfließenden Wasser geschaffen - halten wir an. Zwischen Steinblöcken suche ich nach einem Weg durch knietiefes Heidekraut. Der Fuß sinkt im Moder ein, trockene Äste knacken. Schlangen? Vorsicht scheint angebracht, die Sinne sind geschärft, auf den nächsten Schritt ausgerichtet, erfassen unmittelbare Geräusche, abweichende Formen und Farben.

Und dann entdecke ich nicht die Schlange, aber eine grüne Eidechse. Die lauert, ungestört durch mein Erscheinen, auf einem warmen Stein einem Insekt auf, geschützt durch ihre Tarnfarbe im wuchernden Kraut. Sie ist nicht klein, eher denen nahe, die ich als Smaragdeidechsen auf dem ‚Kontinent‘ gesehen habe, wie die Sarden sagen, wenn sie Italien meinen. Vielleicht eine endemische Art? - Wäre möglich in der Isolation auf einer Insel. Ich werde Giacomino fragen.

Über Bitti nach Lula; inzwischen ist es fast dunkel. Im Ortszentrum eine vergilbte, kaum zu erkennende Richtungsanzeige: *Siniscola?* Wir fragen die Alten auf der Bank vor einer Kneipe. „Sì, sì!" schallt uns mehrstimmig entgegen. Dann hinauf zur Kammstraße hinter dem Monte-Alba-Gebirgszug! Etwa 20 Kilometer durch Nacht und Wald auf Naturpiste. Das haben wir nicht erwartet. Hinter uns Autoscheinwerfer, immer im gleichen Abstand. „Lass ihn überholen! Wer weiß, was der im Schilde führt", bettelt Rita. Ich fahre langsamer, und er tut es auch. „Der wird mit seinem schwachen Licht froh sein, dass er einen vor sich hat, der ihm die Strecke ausleuchtet und hält Abstand", beschwichtige ich und beschleunige.

Anderntags, nach dem Mittagessen bei Giacomino in Nuoro, meint seine Frau, wir hätten einiges riskiert. Dort oben sei man selbst am Tag nicht sicher. - Ist da etwas dran an den Räubergeschichten, die der Insel offenbar noch immer anhaften? Mutmaßlich hat uns eine gute Fee beschützt. Die soll es ja an abgelegenen Stellen der Insel geben. Jedenfalls sieht es die Mutter Giacominos so. Und wir wollen am Nachmittag nach *Orgosolo*, nur acht Kilometer von Nuoro entfernt, ins ,Dorf der Banditen', wo zahlreiche Wandmalereien, die *murales,* die Geschichte des Ortes darstellen. Diese *murales* fehlen in keinem Reiseprospekt.

*

Auf Treppen und an Abzweigungen der Gassen herumlungernde Jugendliche, auf den Mauern drastische Darstellungen von Gewalt, von Verzweiflung und Armut - eine Comic-Serie in Großformat! Sofort kommt mir das Buch *Sardische Jahre* von Maria Giacobbe in den Sinn, das Rita im Antiquariat entdeckt und erstanden hat. Die Autorin ist gerade einmal zehn Jahre älter als wir und hat darin ihre Erfahrungen festgehalten, die sie vor vierzig Jahren als junge Lehrerin hier in der Region gemacht hat. Zunächst in Oliena, anschließend in Fonni, dem Bergdorf im Gennargentu-Massiv und dann hier, in Orgosolo. Ein Bericht wie aus einer anderen Zeit -, von Leben zwischen Armut, chronischer Unterernährung, Stolz und harter Arbeit – ausgegrenzt und perspektivlos.

In Orgosolo

Vor Jahren haben Jugendliche in Orgosolo begonnen die *murales* zu gestalten, angeregt durch ‚linke' Künstler und Kunstpädagogen aus Norditalien. Einzelne wirken

‚recht der Kunst verpflichtet', andere sind naiv und aussagestark.

Nun würden die *murales* von Touristik-Unternehmern vermarktet, berichten uns die jungen Leute, die wir ansprechen. An manchen Sommertagen kämen mehrere Busladungen. Besonders amüsierten sie die kreideweißen Gesichter der ausländischen Gäste, denen man zuvor auf der Strecke einen ‚Raubüberfall' vorgetäuscht habe.

Neugierig geworden befragen sie nun uns, denn sie können sich nicht so recht vorstellen, dass wir ohne Gänsehaut und verängstigtem Blick, auch noch alleine im Auto, zu ihnen ins ‚Räubernest' gekommen sind. Welche Berufe wir hätten, wieviel wir verdienen und wo in der Welt wir schon waren.

Wir antworten offen. - Sie schauen sich kurz an. „Nur raus hier!" versichern sie sich einander. - Ja, noch gingen sie zur Schule, wobei sie von *studiare* sprechen. Folglich sind sie höchstens achtzehn, denn das italienische Schulsystem ist gestaffelt, und in der oberen Stufe wird ‚studiert', egal ob eine oder einer die *maturità,* das Abitur anstrebt, oder sich mit oder ohne Schulabschluss nach einem Job als ungelernte Arbeitskraft umschauen wird. Welch eine Aussicht selbst mit einem Abschluss der *Professionale*[21], weil der in einer wirtschaftlich darniederliegenden Region nicht gebraucht wird!

Die Aussichtslosigkeit steht den jungen Leuten ge-

---

[21] Der Berufsschule vergleichbar, ein duales Ausbildungssystem gibt es 1997 nicht.

radezu ins Gesicht geschrieben. Eines der Mädchen meint schüchtern: „Vielleicht in der Tourismusbranche?" Gelächter! „Willst du bis zur Hochzeit Betten ab- und frische Bettwäsche aufziehen, dann vier Kinder kriegen? Alles im Akkord! Wie deine Mutter, deren Mutter - wie alle sardischen Mütter? Du mit *maturità*, sie ohne! Du mit Zweifeln, sie tief gläubig!" Das hält ihr einer der Jungen entgegen, in einem Italienisch ohne die sprachübliche Melodie, aber mit hörbaren Frage- und Ausrufzeichen. Rausgeschossen, unbeschliffen, die Arme erhoben, untermalt mit heftiger Gestik

Der Junge lässt sich mit dem Hintern auf die Stufen fallen, schüttelt mehrfach den Kopf, zieht ein Tabakpäckchen aus der Gesäßtasche der verschlissenen Jeans, Zigarettenpapier aus dem Brusttäschchen des Hemdes und dreht eine Zigarette. Er leckt an der gerollten Zigarette entlang, klemmt sie zwischen die Lippen. Ein anderer holt das Feuerzeug aus der Hosentasche und gibt ihm Feuer. - Mitgefühl? - Der Rauchende, der so viel gesagt hat, springt jedenfalls auf, eilt die Stufen hinauf und verschwindet aus unseren Augen.

Ganz plötzlich sind wir alleine auf dem Plätzchen mit den *murales*. Rita fotografiert noch einige davon - wortlos. Ich lehne mich rücklings an das Geländer am Aufstieg der Gasse. Die Fototasche zwischen den Füßen, sehe ich ihr zu.

Orgoloso an einem Nachmittag unter milchiger Sonne. Die Schleierwolken verdichten sich zusehends. Es würde bald regnen.

Klar, in meiner Erinnerung habe ich die Bruchstücke gerollt, wie er den Tabak, sie zu einer ganzen Aussage verklebt und meine Satzfetzen über das Papier geblasen, auch wie er den Rauch in die Luft.

*

Die Fahrt ins *Gennargentu*-Gebiet steht bevor. Gebirge locken mich, wie andere die Strände. In ihnen wird für mich spürbar, in welchem Wandel die Erdkruste seit Jahrmillionen begriffen ist. Zuhause in der Rheinebene einmal auf die Prozesse der sehr allmählich verlaufenden Veränderungen im Untergrund aufmerksam geworden, kann ich mich auch an anderen Orten dem faszinierenden Geschehen der Tektonik und dem von ihr bewegten Kreislauf der Gesteine nicht entziehen.

Im Gennargentu

Aber auch aus einem anderen Grund zieht es uns in die

Höhen des Gennargentu: Wir wollen das Gebiet kennenlernen, das mit seinen wenigen abgelegenen Dörfern in rauer Unberührtheit den landschaftlichen Rahmen bildet für Maria Giacobbes *Sardische Jahre*.[22]

Die Autorin, 1928 in Nuoro als einziges Kind eines Ingenieurs geboren, wurde Lehrerin für die Elementarschule. Zunächst in Oliena auch in der Erwachsenenbildung eingesetzt, denn Italienisch sprachen Sarden nicht vom Elternhaus aus, und lesen und schreiben konnten viele nicht. Das weit verbreitete Analphabetentum war in erster Linie eine Folge der Armut – wie auch bei Gavino Ledda - , die weitere Armut eine Folge mangelnder Bildung. Oliena ist nicht so abgelegen wie *Fonni*, das Bergdorf hoch im Gennargentu. Voller Idealismus trat Maria Giacobbe Anfang der 50er hier ihre zweite Stelle an. Jahre später verließ sie Sardinien, wurde zu einer in Europa angesehenen Schriftstellerin und lebt heute in Dänemark.

Wir sind angelangt in Fonni, in der kühlen Luft auf tausend Meter Höhe.

. . ."*Maria ist ein blasses lymphatisches Kind. Sie muss schnell in die Höhe geschossen sein, denn das einzige Röcklein, das ich an ihr kenne, ist ihr viel zu kurz geworden. Ihre langen, knochigen Beine mit den hervortretenden Knien sind immer blaurot vor Kälte. Als sie auf Tuberkulose untersucht wurde, reagierte sie positiv. Man machte darauf eine Schirmbildaufnahme, und es zeigte sich, daß sie auf beiden Lungenflügeln*

[22] Maria Giacobbe,
Sardische Jahre - Tagebuch einer jungen Lehrerin, Berlin 1959
Zitierte Textstellen: Seite 58f, 66,73f

Knötchen hatte. Nach der Untersuchung hofften wir, man werde uns nun Medikamente für die gefährdeten oder erkrankten Kinder schicken. Marias Unterarm blieb einige Tage geschwollen und gerötet; dann verschwand die Wirkung des Tuberkulins, und keiner sprach mehr davon. So erwarteten wir auch keine Medikamente mehr...

... Der Winter war dieses Jahr bei uns in tausend Meter Höhe so hart wie schon lange nicht mehr. Doch stets erschien Maria mit nackten Knien und eingezogenen Schultern in ihrem Baumwollkleidchen."[22]

Das schreibt Maria Giacobbe und erzählt weiter, dass sich Maria selbst bei dieser beißenden Kälte geweigert habe, einen Mantel anzunehmen, den sie ihr schenken wollte, mit der Begründung, dass sich das nicht gehöre.

Auch die Aufsätzchen der Schülerinnen zeichnen in einer sparsamen Sprache deutlich das Bild von ihrem Alltag.

So schreibt Isabella:

... „Heute ging ich zum Fluß, um etwas zu waschen. Während ich wusch, überzog sich der Himmel, und es fing an zu regnen. Ich wurde ganz naß und beeilte mich, um rasch fertig zu werden. Aber es regnete so heftig, daß ich nicht nach Hause gehen konnte. Als mich meine Mutter kommen sah, nahm sie mir die Wäsche schnell ab, und ich trocknete mich am Feuer. Dann war es Zeit, in die Schule zu gehen."[22]

Mit fortschreitender Routine im Aufsatzschreiben habe

sie die Mädchenklasse aufgefordert, ihre Umgebung zu beobachten. Dabei sei ihr aufgefallen, dass sie die Dorfgemeinschaft in zwei Sozialklassen einteilten:

Die Reichen säßen in ihren großen Häusern, schreibt Angela, hätten schöne, saubere Kleider, *Paläste*, Land und Waldungen, wo sie *Holz genug für den Winter* hauen könnten. *Den Armen* dagegen fehle es an allem; sie müssten ihr Holz *kaufen*, ihre Kleider seien so zerfetzt und schmutzig, dass sie sich manchmal auf der Straße nicht zeigen dürften. Sie ernährten sich kärglich, müssten oft sogar um *ein Holzscheit* betteln, während die Reichen alle Tage *Lammfleisch* äßen.

Rosa schreibt, dass *die Reichen* arme Bauern einstellen, um *für sie* das Land zu bebauen und Frauen, die das Brot *für sie* backen. Die Reichen gäben den Armen aber das schlechtere Gerstenbrot, während sie das Weizenbrot für sich behielten. [22]

Die Autorin selbst fährt fort:

. . . *„Hier hat das eigene und schmerzliche Erleben der Kinder von der Verzweiflung der Armen und der Herzenshärte der Reichen seinen unmittelbaren Ausdruck gefunden, der keiner weiteren Erläuterung bedarf. . . . Die Kinder von Fonni wissen wohl, daß es soziale Unterschiede gibt, sie leiden darunter, doch sie fügen sich in ihr Schicksal, denn für sie wird es immer auf der einen Seite Reiche geben, Besitzer von Ländereien und großen Herden, auf der anderen aber Entrechtete, ,Leibeigene' und ihre Familien, für die alleine schon ein dürrer Ast* *und ein Roggenbrot ein Geschenk der gütigen Vorhersehung bedeuten."*[22]

*

Mit diesen Texten im Kopf haben wir unseren Streifzug durch Fonni angetreten. Jetzt beim Schreiben fällt mir auf, dass ich spontan das passende Wort gewählt habe. Die Texte der Mädchen sind trotz ihrer Zartheit und Fügsamkeit im Ausdruck ein Tritt in den Hintern derjenigen, die solche Ungleichheit noch im sechsten Jahrzehnt des 20. Jahrhunderts duldeten und wahrscheinlich auch weiterhin befördern.

Auch deshalb wünschten wir diesem verschlissenen Büchlein[22], das Rita seitdem wie einen Schatz gehütet hat, eine weitere Auflage.

Ein kurzes Gespräch haben wir am Dorfbrunnen mit einem, - seiner Kleidung und dem selbstbewussten Auftreten nach - ,besseren' Herrn. Als wir ihn fragen, ob ihm der Name *Maria Giacobbe* etwas sage, schlägt er unwirsch die Hände gegeneinander: „Oddio! Questa comunista!"

Er macht noch eine abfällige Handbewegung und lässt uns stehen.

Nach einem Cappuccino in der Bar gegenüber fahren wir weiter, den Pass hinauf.

Unterhalb der Gipfelregion führt eine gut ausgebaute Stichstraße noch weiter nach oben. Kurzfristig geben die Wolken den Blick frei und ich bin überrascht! Auf knapp 2000 Meter Höhe hätte ich zerklüftete Felsen erwartet.

Stattdessen wölbt sich der Gipfel *Punta La Marmora* wie ein riesiger Schädel, eher den Höhen der Mittelgebirge vergleichbar, als den Alpen. Und dann wird mir klar, dass die Granite und Schiefer des Gennargentu in dieser Höhe besonders starker Erosion ausgesetzt sind, im Kleinen der ‚Wollsackverwitterung' des Granits vergleichbar - und das seit Jahrmillionen! Die Stichstraße endet an einem verwaisten Parkplatz.
Skilift, Hotel, Restaurant, steht auf den Hinweisschildern.

Das ist also der ‚Fortschritt', den der Herr am Brunnen erwähnte, bevor wir ihn nach *Maria Giacobbe* gefragt haben", sagt Rita.

Das Gennargentu hat uns beeindruckt, diese eigene Welt, keine vierzig Kilometer von Nuoro entfernt, ausschließlich auf schmalen und kurvenreichen Straßen zu erreichen.

Hätte nur das Wetter besser mitgespielt! Für uns tat es das nicht.

Also hinaus aus dem Wolkenstau um den Gipfel, hinab in die Wärme der Niederung des *Fiume Cedrino*.

*

Wir hatten etwas Zeit gewonnen, Zeit für die *Tomba dei giganti di S'Ena e Thomes* und *Serra Orrios*. Bronzezeitliche Anlagen, beide von beachtlicher Ausdehnung, zwar nicht von einer Groß-Nuraghe überragt, aber ihrem

Erscheinungsbild nach ehemals bedeutsame Orte.

An der *Tomba dei giganti* - etwa mit ‚Grab der Riesen' zu übersetzen - führt hinter der zentralen monolithischen Portalstele ein gut zehn Meter langer Gang, überdeckt von Steinplatten, vermutlich zu Grablegen.

Schade, dass hier jetzt nicht mehr zu erfahren war, denn uns drängten sich Fragen auf nach einer möglichen zentralen Bedeutung, nach der damaligen Bevöl-

Tomba dei giganti di S'Ena e Thomes

kerung und deren sozialer Ordnung, nach der Vergleichbarkeit, vielleicht sogar Verbindung mit ähnlichen Plätzen dieser Art in Europa.

Wäre da nicht Antonia aus Graz gewesen, wir hätten uns mit der Rolle der selbstgefälligen ‚Kaumwisser' zufriedengegeben und das nächstgelegene Restaurant angepeilt. Antonia, die von einem Punkt zum anderen über das Gelände tollte und die Eltern permanent mit Zurufen zu ihren Wahrnehmungen auf diesem großen ‚Spielplatz aus der Vorzeit' beschäftigte.

„Wo haben die hier gekocht? Was, nur gebetet? Dann war das also eine Kirche der Steinzeitmenschen? Waren die auch katholisch wie wir, Mama?"

Antonia, etwa acht Jahre alt, nimmt uns nach kurzer Zeit der Zurückhaltung, weil wir gar kein ‚richtiges' Deutsch sprechen, in ihr Spiel mit der Vergangenheit mit. Die Mutter, meistens in der Nähe, entschuldigt sich für die ‚Unart' ihrer Tochter. Die empfinden wir nicht als solche, beruhigen sie und schalten uns in die Dialoge ein. Antonia akzeptiert dann auch, dass wir weit weg von Graz zuhause sind und daher ein wenig anders als sie sprechen.

Der Vater, von seiner Weise des erkundenden Umhergehens zurück, wird von ihr mit der Bemerkung einbezogen: „Der Heerr hat gesagt, die waren hier früher gar nicht katholisch. Stimmt das, Papa? Dann haben die auch keinen Papst gehabt, das war doch schade. Der Papst hätte eine richtige Kirche bauen lassen. Meinst du nicht auch?"

Der Papa meint das nicht, und so entwickelt sich das Gespräch des aufgeweckten Kindes mit vier Erwachsenen weiter, das immer tiefer in die Kultur einer Zeit eintaucht, die mit riesigen Steinen baute und keinen Papst hatte. Oder doch? Ich wage die Vermutung, der Oberste hier habe gar nicht gewusst, was ein Papst ist und sei so etwas Ähnliches wie ein Oberpriester für die Leute vor viertausend Jahren gewesen. „So lange ist das her, sagst du? Dann hat es also den Papst noch nicht gegeben."

„Antonia, hör doch jetzt einmal mit deinem Papst

auf und halt den Mund! Wir gehen jetzt alle zusammen - gell, Sie kommen doch mit? - dort hinüber!" Die Mutter weist mit dem Arm in Richtung der benachbarten ‚Steinzeit-Siedlung', und Antonia ist's zufrieden.

Unterwegs erklärt sie uns, Ärztin in einem Spital zu sein und nur ungeregelte Zeit für das Kind zu haben. Ihr Mann sei Anwalt mit Kanzlei im Haus, aber halt auch häufig unterwegs. Jetzt, in den Ferien, habe Antonia die Eltern vierundzwanzig Stunden am Tag für sich. Die Tochter sei ja lieb und recht intelligent, aber halt oft

Serra Orrios

auch anstrengend. Ob uns das etwas ausmache, wir vielleicht ihre Art als zudringlich empfinden?

Das tut es immer noch nicht, und die Konversation, gesteuert von Antonia, setzt sich fort. „Warum liegen hier die Steine im Kreis? Waren das etwa kleine Kirchen, weil sie drüben in der großen nicht alle Platz hatten? . . . Du hast doch dort gesagt, die Leute sind aus einem großen Gebiet hier zusammengekommen, weil sie für ihre Schafherden viel Platz zum Grasen der Tiere gebraucht haben und hierher nur zum Beraten und Beten gekommen sind", sagt sie an mich gewandt. „Dann haben sie vielleicht in den runden Häusern die paar Tage gewohnt?" Zu Rita, zu der sie inzwischen geschlüpft ist, sie an der Hand hält und sich an sie schmiegt: „Meinst du auch, dass das runde Häuschen waren? Man sieht ja leider nicht mehr, wie hoch sie gewesen sind. Was glaubst du, vielleicht zwei Etagen?"

Rita glaubt das nicht und weist darauf hin, dass die Leute in der Mitte eine Feuerstelle hatten, an der sie auf Steinen zwischen brennendem Holz in einem Kessel kochten. „Also immer Suppe", stellt Antonia mit erkennbarer Abneigung fest. „Na ja", meint Rita, „zuerst einmal Suppe." - „Hach, wie bei uns, wenn die Omi da ist!" - „Dann haben sie Teig auf den heißen Steinen ausgestrichen und Fladenbrot gebacken, bis ein ganzer Stapel fertig war." - „Das gibt's doch heute noch hier beim Bäcker und im Supermarkt", stellt die junge Dame fest, sehr zufrieden mit ihrer nun historisch bewiesenen Erfahrung auf Sardinien, schließt aber sofort die Frage an: „Ja, und wann haben die Fleisch gegessen, nur sonntags, wie manche Kinder aus meiner Klasse?"

Rita sieht mich fragend an, das Signal für meinen Einsatz, den sozial gestimmten Pädagogen: „Natürlich nur sonntags! . . . Um Fleisch zu essen, mussten sie ein Zicklein oder ein Lamm schlachten und haben es dann über einem Spieß gegrillt. Das konnten sie ja nicht jeden Tag tun." - „Der Gast bekommt bei uns immer zuerst das Fleisch. War das hier auch so?" - „Selbstverständlich, das nennt man ja auch Gastfreundschaft und gehört sich so." - „Ach so, dann ging es aber dem englischen Patienten bei den Leuten sehr gut."

„Wie kommst du denn auf einen englischen Patienten?" lacht Rita.

Bevor Antonia antworten kann, schiebt die Mutter rasch dazwischen: „Das ist so ein Spleen von ihr. Mein Mann und ich haben den Film vor kurzem gesehen. Der Filmtitel *Der Englische Patient* hat sie gleich neugierig gemacht. Und nun meint Antonia wohl, überall in der Fremde müsse ein englischer Patient auftauchen, vielleicht auch, weil ich ihr erzählt habe, schon mal einen aus England behandelt zu haben, der kein Deutsch sprach."

„Genau!", merkt die Tochter an. „Das ist doch dann ein armer Meensch." Versonnen streicht sie Rita über den Arm. „Eine weiche Haut hast du. Wahrscheinlich hat den englischen Patienten niemand gestreichelt."

Adressen haben wir nicht getauscht, aber wir verabschiedeten uns mit einem warmen Gefühl für dieses besondere Kind. Berührt, wie phantasievoll und engagiert Antonia aus steinernen Resten auf deren ursprüngliche Verwendung schloss, und ihr ‚englischer Patient' bewies, wie mitfühlend sie die Erklärungen der Erwachsenen aufgenommen hat. Mich hat zudem beeindruckt, wie sie die Bedeutung eines Papstes in ihr Verstehen eines spirituellen Ortes einbezog.

Der Vater, der sich meist abseits gehalten hatte, klapperte zum Schluss mit dem Autoschlüssel und strebte dem Parkplatz zu. Antonia wandte sich immer wieder um und warf uns Kusshändchen zu.

„Puuh!" - Rita atmete durch und lehnte sich an mich. „Was für ein Geschenk und was für ein Kontrast an diesem Tag!"

♦

II

Der Junge mit dem Schwan

Alexander ließ die beiden reden, genoss nach der Anstrengung des Tages den leichten Wind auf der Terrasse. Viktor redete ohnehin gerne. Simon musste ihm regelrecht ins Wort fallen, um überhaupt eine Bemerkung, eine Frage unterzubringen. Viktors Thema: Frauen! Er war bei der dritten angekommen, immer das gleiche Muster: Ein beliebiger Ort, eine überraschende Begegnung, Viktor gibt sich hilflos. Über die Distanz hinweg hatte man sich allenfalls beobachtet. Und dann schnappt die Falle zu! Eine Hilfe am Fahrkartenautomaten, eine Veranstaltungsauskunft, man hat ein gemeinsames Problem, dasselbe Ziel. Es folgt die Einladung zu einem Kaffee.

„Na ja, es kam, wie es kommen sollte!", schließt Viktor seinen letzten Bericht und räuspert sich bedeutungsvoll.

„Sag mal, Viktor, mir ist unerklärlich, wie du es schaffst, partout solchen Frauen zu begegnen, die an diesem Tag auf einen Trottel warten", wirft Alexander ein.

Nein, das war nicht freundlich! Viktor dreht verlegen das leere Bierglas in der Hand, sieht kurz zu Simon. Der schenkt ihm wortlos nach. Viktor streckt die Beine, blickt starr über die Brüstung der Hotelterrasse an Alexander vorbei auf den Hafen von *Koroni*.

Seine Frauengeschichten? Nüchtern betrachtet sieht Alexander darin das naive Prahlen eines groß gewordenen Muttersöhnchens. Bei ihm ist er nun an Grenzen gestoßen.

In der Sprachlosigkeit nach dem anstrengenden Tagestörn fühlte sich Viktor gefordert, - er liebt Geselligkeit. Die beiden Gefährten beschränkten sich auf wenige Sätze zum Verlauf des Tages. Alexander hatte sowieso nicht viel beizutragen. Auch wenn an Deck zwei Hände zusätzlich gebraucht wurden, musste man ihn erst aus der Kajüte holen.

Alexander hat überzogen. Viktor schwankt zwischen Beleidigtsein und Gleichgültigkeit. Simon spielt mit dem Feuerzeug. Es herrscht wieder Schweigen auf der Hotelterrasse. Drei Männer unter sich. Im TV-Gerät über der Bar läuft die Übertragung eines Fußballspiels – Europa-League. Am Kai vertäute Segeljachten schaukeln in leichter Dünung. Takelagen schlagen gegen Masten, erzeugen ein dünntoniges metallisches Klappern. Am Ende der Kaimauer blinkt das Leuchtfeuer der Hafeneinfahrt über dunklem Wasser.

Simon streckt sich unter geräuschvollem Ächzen ausgiebig auf dem Rohrsessel. „Bleibt friedlich, Jungs! Morgen wird abgelegt und jeder hat wieder seine Aufgabe. Dann ist Teamwork gefragt", mahnt er gähnend. Er ist der Skipper.

Nach Simon ist Viktor der nächste, der etwas vom Segeln versteht, der Ex-Leutnant zur See. Alexanders nautische Erfahrungen beschränkten sich bisher aufs

Übersetzen mit der Fähre nach Korsika. Ihm ist am liebsten, wenn Simon den Motor anwirft und auf einen Hafen zuhält.

Zu diesem Segeltörn in die griechische Inselwelt hat sich Alexander von den beiden letztlich überreden lassen. Ist das Segeln schon nicht seine Sache, langweilen ihn obendrein die Abende in den angelaufenen Häfen. Stets das Gleiche: Anlegen, einchecken im vorgebuchten Hotel, duschen, Abendessen, Bier auf Terrassen im lauen Wind und auf die Müdigkeit warten, die den Gang auf das Zimmer rechtfertigt.

Er bliebe gerne morgen in Koroni. Durchs Städtchen streifen, zur Burg aufsteigen und wenn es sein soll, auch das Bootsdeck schrubben. Simon meint, sie müssten weiter, um im Zeitplan zu bleiben. Der Rückflug ist gebucht.

*

Viktor stellt das Bierglas auf den Tisch, verschränkt die Hände im Nacken und lehnt sich zurück. „Du hast schon recht, Alex", sagt er nachdenklich. Der stemmt sich auf den Armlehnen des Sessels ab, schiebt sich in die Senkrechte. „Bitte, Viktor! Nimm's mir nicht zu sehr übel. Musste einfach mal raus." Alexander geht die zwei Schritte zur Brüstung der Terrasse, beugt sich über die Mauereinfassung. „Solche Erfolgsstorys passen momentan nicht zu meiner Situation", brummt er und starrt in die Dunkelheit.

Viktor füllt sein Glas auf, stellt die leere Flasche zurück. „Gleich zehn, Simon. Bestellen wir noch ein Bier?" Der dreht sich zur Terrassenbrüstung. „He, Alex!

Was ist? . . . Noch ein Bier?" - „Ja!", sagt der, ohne sich umzuwenden. Simon schaut zu Viktor und deutet mit einer Kopfbewegung auf Alexander. „Noch zu früh für die Koje?"

Der Kellner kommt vorbei, nimmt die leeren Bierflaschen und sieht die beiden fragend an. „Yes, three beers please", sagt Simon. Der Kellner murmelt etwas auf Griechisch und entfernt sich.

„Was heißt Bier auf Griechisch?", erkundigt sich Viktor. Simon zündet eine Zigarette an. „In seinem Job wird er hoffentlich drei Worte Englisch beherrschen", bemerkt er in den ausgestoßenen Rauch hinein. „Bira!", ruft Alexander herüber.

Viktor kippelt auf dem Sessel. „Bier ist also international verständlich!", stellt er fest. „In Spanien bestellst du besser ein *cerveza*", meint Alexander und kehrt an den Tisch zurück. „Ha, wie bei Asterix!", freut sich Viktor.

Simon lächelt in den Rauch seiner Zigarette. Das Stimmungstief scheint aufgefangen zu sein. Der Kellner bringt das bestellte Bier.

Zwei Tische weiter nimmt ein auffällig ungleiches Paar Platz. Er dick, kurz und nicht mehr der Jüngste. Sie fast einen Kopf größer als er, jung, gute Figur, langes dunkles Haar, stark geschminkt und trotz der Dunkelheit mit Sonnenbrille,.

Simon stößt Viktor mit dem Fuß an, beugt sich über den Tisch. „Hallo, Seemann! Eine Gelegenheit, deine Fähigkeiten unter Beweis zu stellen", sagt er halblaut und grinst. „Schau mal unauffällig rüber, die Tante linst bereits nach dir."

„Wann? Wo?", stellt sich Viktor dumm, sucht blind nach seinem Bierglas, greift daneben und stößt die Zigarettenschachtel vom Tisch. Die hatte Simon hart an der Tischkante abgelegt. Viktor zieht mit dem Fuß die Schachtel heran, beugt sich zum Boden. Das sonnenbebrillte Gesicht tastet seine Aktion ab.

Simon schlägt sich erheitert auf den Schenkel. „Siehst du! Ein großer schlanker Blonder macht in diesem Land Eindruck."

In serviler Eile rauscht im selben Augenblick der Kellner mit einem Sektkübel heran, zwei langstielige Gläser zwischen den Fingern. Für Simon Anlass zu einer weiteren Bemerkung. „Na, Viktor! Der kleine Dicke muss deine Anwesenheit geahnt haben und hat schon mal rechtzeitig Champagner geordert. Ab jetzt liegt die Latte höher."

Alexander lässt sich auf dem Rohrsessel nach vorne schnellen. „Kommt, Leute! Ob seriöses Paar oder Ersatz-Onassis in Gelegenheitsbegleitung, das ist doch egal. Was mich mehr interessiert. . ." sagt er zu Simon gewandt . . . „bevor dich gestern die aufkommende Brise in nervöse Geschäftigkeit versetzt hat, hast du angesichts der Steilküste etwas von einem griechischen Film gesagt."

„Ach so, ja . . . aber es ging nur um einen Ausschnitt, der zur Steilküste passte. Den weiteren Inhalt habe ich so gut wie vergessen. Ein Film aus den Sechzigern, wahrscheinlich ein griechischer der ‚nouvelle vague'."

„Und? – Was war das Besondere?", schaltet sich Viktor ein. „Du hättest dich doch nicht so spontan erinnert, wenn in diesem Streifen nicht etwas gewesen wäre, das du nicht vergessen konntest."

„Stimmt, Viktor! Aber vielleicht nichts nach deinem Geschmack."

„Zier dich nicht und fang an!", fordert Alexander trocken. Seine Laune hat den Tiefpunkt doch noch nicht überwunden. Simon mustert ihn nachdenklich. Und dann erzählt er.

„Ich erinnere mich an einen Jungen, der streift mit einem Mädchen durch eine karge Landschaft: felsig, sandig, Büsche. Beide tragen weiße Gewänder; der Junge eine Art Tunika, das Mädchen ein längeres Kleid mit einer Kordel um die Hüfte. Sie scheinen sich zu gefallen - das Mädchen dem Jungen mehr als er ihr. Unablässig bemüht er sich um ihre Aufmerksamkeit, tanzt vor ihr her, erstarrt in Posen. Sie lacht und folgt ihm.

Am Strand angelangt, deutet er beständig auf etwas: hier eine Muschel, dort ein angeschwemmtes Holz, dann auf ein Vogelnest, unter dornigem Gebüsch verborgen. Aus dem flüchtet ein Seevogel. Auf jeden Fall versucht der Junge mit allerhand Einfällen dem Mädchen zu imponieren. Ein hübsches, zierliches Wesen, dunkles offenes Haar, recht jung und doch schon gereift. Er ein Knabe an der Grenze zum Mann. Die Kamera folgt dem Paar, ist mal vor oder neben ihm. Fröhlich wirkt das Treiben der beiden, unbekümmert. Das Mädchen zögert hin und wieder. Weiter, immer weiter streifen sie über die sandigen Flächen zwischen Felsen und Meer. Du identifizierst dich mit dem Jungen, der da unbeschwert seine Annäherungsspielchen treibt. Erinnerst dich an erste Liebe und siehst, wie der Wind das Kleid an sie presst, die Konturen ihres schlanken Körpers sich unter dem weißen Stoff abzeichnen. Wann hört der Kerl endlich auf herumzutanzen und nimmt sie in die Arme, drückt ihren Leib an sich? - Der taumelt weiter über den Strand, demonstriert sich in immer neuen Posen und Figuren."

Es ist still am Tisch. Keiner will Simon unterbrechen. Ihn, der sonst eher burschikose Bemerkungen oder kurze Ansagen auf dem Boot von sich gibt. Ihn, der eher zuhört als redet. Simon beugt sich vor, greift zum Bierglas. Bevor er es zum Mund führt, fährt er in der Erzählung fort. Seine Geschichte fließt, das Bierglas scheint vergessen.

„Plötzlich rutschen Steine von den kalkigen Felsen des Steilhanges. Rollende Steinchen, wie sie der vorsichtige Tritt eines Menschen ablöst. Feines Klingen aufprallender kleiner Steine, vom Rauschen der Wellen überdeckt, die auf kiesigem Strandstreifen auflaufen. Das Mädchen ist aufmerksam geworden. Es schaut hinauf und entdeckt das Gesicht eines Jünglings, halb hinter Felsen verborgen. Die Kamera zoomt an ihn heran. Ein hübscher, lockiger Bursche, älter und kräftiger als der über den Strand tanzende Knabe. Der Bursche folgt den beiden, sucht Deckung hinter den Felsen wie ein Jäger vor der ahnungslosen Beute. Sie scheint den Jüngling aus der Entfernung erkannt zu haben, verzögert den Schritt, blickt heimlich zu ihm hinauf. Steine rutschen. Dann folgt sie wieder dem sich in seiner Geschäftigkeit am Strand entfernenden Knaben.

Der nähert sich einer kleinen Bucht. Auf dem nassen Sand ein großer weißer Federhaufen: Ein toter Schwan! Der Knabe tritt zu dem Kadaver, zieht an einem der Flü-

gel, spannt ihn über dem Sand auf und sieht sich nach dem Mädchen um.

Das hat sich entschieden. Eilt, flieht eher, mit leichtem Schritt in das felsige Labyrinth. Oben tritt der Jüngling hinter einem Felsvorsprung hervor. Jetzt zoomt die Kamera den Hang hinauf und zeigt ihn in voller Größe, in der ruhigen Pose des Überlegenen. Von unten schaut der Knabe dem enteilenden Mädchen hinterher, erst erstaunt, dann resigniert, voller Trauer den ausgezogenen Flügel des toten Schwans haltend. Die Kameraeinstellung zeigt sein Gesicht, schwenkt dann auf den Jüngling im Fels, den das Mädchen in diesem Moment erreicht. Sie fällt ihm in die Arme. Er zieht sie hinter einen Felsvorsprung. Weißer Stoff fällt locker zu Boden und wird vom Wind mitgenommen.

Die Bildfolge wechselt zwischen dem Geschehen dort oben und dem am Strand neben dem toten Vogel verharrenden Knaben. Die Kamera scheint noch abzuwägen, fährt dann doch an das Ereignis im Fels heran. Du siehst einen Arm, der sich gegen einen Oberkörper stemmt, eine Hand, die einen Schenkel zur Seite zerrt. Geröll lockert sich, Aufschreie des Mädchens und dann Stille. Plötzlich leises Stöhnen, dazwischen spitze Töne."

Simon hält noch immer das Glas in der Hand, nimmt einen Schluck, setzt es endlich ab.

„Ja, da fragst du dich natürlich, ob hinter dem Felsen eine Vergewaltigung abläuft. Doch dann zeigt die Kamera das Paar in Großaufnahme. Das Mädchen liegt auf dem Jüngling – ausgestreckt, erschöpft, beide entblößt. Sie umklammert seinen Nacken, den Kopf auf seinem Oberkörper. Deine vorausgeeilte Phantasie gerät ins Stocken . . ."

Viktor rutscht nun doch auf seinem Sessel nach vorne: „Simon, was ist mit dem Knaben unten am Strand? Hat dieser Dummkopf nichts Besseres zu tun, als abzuwarten, was dort oben vor sich geht?" Simon lacht bitter auf. „Warte! Das Drehbuch hatte eine andere Lösung vorgesehen."

„Der Knabe hat sich inzwischen des toten Vogels bemächtigt. Schleift ihn keuchend am ausgezogenen Flügel hinter sich her nach oben in die Felsen. Minuten dauert das – lange Minuten für den Zuschauer, bis er mit dem Schwan oben anlangt, dessen Leblosigkeit über sich ausgebreitet. Er hält inne. Ein trauriger Blick auf das liegende Paar. Und dann zieht er mit dem toten Vogel vorbei, weiter hinauf zwischen den Felsen. Die Federn des großen Tieres schleifen über das Geröll. Die Schleifgeräusche werden leiser, entfernen sich. Der Jüngling wendet den Kopf, blickt dem Knaben nach. Das Mädchen drückt sich fester an ihn, streicht ihm über das Haar."

Simon atmet durch, trinkt das restliche Bier, sieht abwechselnd von Viktor zu Alexander. Der starrt in sein Glas.

„Sag mal, Simon", meldet sich Viktor aus der Tiefe des Sessels, „und damit hat der Film geendet?"

„Das weiß ich nicht mehr, Viktor." Er schaut in den nachtdunklen Himmel. „Aber als ich aus dem Kino kam, mir die frische Luft über das Gesicht strich und sich Angelika auf Abstand hielt, wurde mir mit einem Mal klar, welche Rolle für mich vorgesehen war. . . . Den Rest kennt ihr."

Er senkt den Kopf und starrt auf die Tischplatte. „Tja, so wird man mitunter vom Kino in seine Wirklich-

keit geholt! . . . Und nun brauche ich mein Bett. Morgen
der Tag, der hat's in sich, Jungs! . . . Der Wetterbericht
prophezeit Winde aus wechselnden Richtungen."

◆

Winterreise nach Kuba

2008/2009

Den Anflug auf ein subtropisches Land habe ich mir anders vorgestellt, von Beginn an fremdartiger, farbiger. Aber was sieht man schon durch ein rundes Bordfenster beim Hinuntergleiten aus 3000 Fuß? - Landeanflug in der Abenddämmerung auf Havanna.

Der Blick fällt auf kleinräumig abgegrenzte Areale. Je tiefer das Flugzeug auf die fremde Erde zu sinkt, erkennt man manche Bäume als Palmen. Die Landoberfläche wirkt düster, keine Lichterketten von Fahrzeugen auf einem Netz breiter Straßen, keine Neubausiedlungen mit Einkaufszentren und Parkplätzen im bunten Lichtermeer der Vorweihnachtstage! Und dennoch, es ist das Einzugsgebiet einer Metropole mit zwei Millionen Einwohnern.

Die letzte Phase des Landeanflugs - für mich jedes Mal eine Premiere. So oft fliege ich nicht. Die Annäherung an die Erde geschieht gefühlt immer zügiger, unter uns werden die Markierungen des Flugfeldes sichtbar. In schier greifbarer Nähe fließen sie unter dem Flügel hindurch. Verkrampft halte ich Lisbeths Hand. Fliegen wir noch oder rollen wir schon? Dann der Ruck des Aufsetzens. Beim nicht nachvollziehbaren Weg des

Ausrollens streiken Orientierungssinn und Zeitgefühl, bis die Maschine der *Air France* endlich zum Stehen kommt. Fluggäste klatschen Beifall. Vielflieger schließen lautlos Laptops und Aktentaschen.

Die Leuchtanzeige über uns springt auf Grün. Ein Moment der Stille, dann die Geräusche des Andockens einer Gangway, das Öffnen der Bordtüren. Abgurten, aus der Enge zwischen den Sitzen zum Stand kommen, sich strecken, Klappen öffnen, nach Gepäckstücken über sich greifen – Gedränge im Mittelgang. Frische Luft strömt durch das geöffnete Bordportal, der Geruch nach Regen und mit ihm das überraschende Gefühl: Es riecht wie bei uns an einem lauen Sommerabend.

Wir schieben uns an verlassenen und vermüllten Sitzreihen entlang, an Flugbegleiterinnen vorbei, die nach zehn Stunden Flug so gewinnend lächeln, als sei es ihnen eine große Freude, mich - ausgerechnet mich, Felix Grimm, Architekt, einundfünfzig Jahre alt, betreut zu haben. Über die Gangway in schlauchartige Gänge - jeder tut so, als wäre auch das Routine. Ja nicht den individualistischen Exoten geben! Drei junge Männer vor uns ziehen laut lachend ihre Pullover über die Köpfe, singen - angeheitert vom ausgegebenen Rotwein – eine hippe Serienschnulze und tänzeln im verschwitzten Shirt aus der Reihe.

In den Nischen des verwinkelten Ganges erste Uniformierte. Ihre an den Hüften aufsitzenden grauen Hemden sehen aus, als wären sie in der DDR zugeschnitten worden.

Passkontrolle! Nur zwei Kabinen sind besetzt. Linke oder rechte? „Ist doch egal!" raunt Lisbeth und wählt rechts. Stau auf unserer Seite und lethargisches Ausharren. Dann vorne Bewegung. Im Prozessionsschritt nähern wir uns der Kontrollkabine. Am Schalter lasse ich Lisbeth den Vortritt. Sie sieht den Beamten so entwaffnend an, dass der keine andere Wahl hat, als sie nach einem kurzen Blick auf ihren Pass – einszweiundsiebzig, blond, Augenfarbe grün, - passieren zu lassen. Bei mir dagegen Blättern im Reisepass. Ich werde nervös. Zweimaliger Gesichtsvergleich. Stimmt, auf dem Foto hatte ich noch keine Brille und die Haare waren auch länger. Dann bleibt der Blick des Beamten auf den Seiten mit Einreisevisa hängen: Israel, USA. Oh je, ein Staatsfeind ist angekommen! Schade, dass ich den alten Reisepass mit den DDR-Stempeln und denen der Volksrepublik Polen nicht vorweisen kann.

Er schiebt den Pass der neben ihm sitzenden Kollegin zu. Die schaut in Listen nach, tut so, als müsse sie, mit dem Finger über Kolonnen gleitend, an der Lauterkeit meiner Einreiseabsicht zweifeln. Nach Minuten, die Dame notiert geschäftig, greift mein Beamter neben sich, zieht den Pass heran. Ein verbindliches Lächeln, und er reicht ihn mir herüber. „Willkommen auf Cuba!", sagt er in klarem Deutsch und nickt mir aufmunternd zu.

Ans Gepäckband und gelassen bleiben! Mein Koffer kreist vielleicht schon. Nimmt ihn keiner vom Band, kehrt er wieder. Das weiß ich doch! Die Plastikstreifen vor der Öffnung tasten zurückgleitende Gepäckstücke so zärtlich ab, als sollten sie trösten. Mein Koffer war noch nicht dabei. Lisbeth hat sich an mich gelehnt und lacht über meine verkrampfte Aufmerksamkeit. Endlich erscheinen unsere beiden Koffer in der Lieferluke. Das Abenteuer Cuba, Cuba mit C, kann beginnen.

Dann stehen wir in der großen Halle des Flughafens. Wäre da nicht der Ölfarbenanstrich an den Wänden, die seitliche Schalterlandschaft so spärlich beleuchtet, wir könnten in Malaga gelandet sein. Wo beginnt das spezifisch Andere, das man als Cuba-Bilder im Kopf hat? Beim Zoll etwa?

Unentschlossen bleiben wir stehen und blicken hinüber zur Zollabfertigung. Reisende, eindeutig Kubaner, legen ihre Koffer auf die Tische. Sonstige Touristen streben dem Ausgang zu. Der Weg zum Ausgang ist so verführerisch kurz. Für Lisbeth ist die Sache entschieden. „Du, das machen wir genauso!" Mich beschleicht ein ungutes Gefühl. Ich höre schon die Aufforderung eines unauffälligen Herrn, ihm zu folgen, sehe mich einer peinlichen Befragung ausgesetzt. Wie war das damals an den Grenzstationen der DDR? Wehe man hätte die vorgeschriebene Spur verlassen!

„Komm endlich!" Lisbeth ist vorausgegangen.

¡Salida! Vor einer Flügeltür zwei uniformierte weibliche Gestalten, massive Figuren. Zwischen ihren olivgrünen rundlichen Hüften bleibt ein knapper Durchgang. Dann stehen wir auf dem Vorplatz. Die Wärme eines lauen Sommerabends umfängt uns und der Geruch nach feuchter Erde, nicht der des Winters wie vor vierzehn Stunden am Flughafen Düsseldorf.

Als wir umständlich unsere Fleece-Jacken verstauen, streift uns fast ein Taxi. Zur abgelassenen Seitenscheibe hinaus ruft der Fahrer: „Hotel?" Wir halten ihm den Bon für den Transfer hin. „No, no!" Er deutet zur Parkbucht auf der Seite. „Otro colega, en el lugar allì." Dort parkt ein Kleinbus. Erste Bewährung meines Spanischlernens. - Wir werden erwartet. Unsere Gruppe ist vollständig.

Ich blicke in das nachtdunkle Cuba, plötzlich wieder hellwach nach dem langen Flug. Wir durchqueren die Peripherie der Stadt. Aber wie! Unser Fahrer scheint eine Ausbildung zum Rallye-Piloten absolviert zu haben. Plötzlicher Spurwechsel, abruptes Bremsen, hartes Anfahren, ein Slalom um jene legendären Amicars herum, die Kuba-Prospekte bestücken. Dann wieder gemächlich, wir nähern uns einer fest installierten Kontrollstelle. Ein Polizist bewegt sich auf unser Fahrzeug zu. Fenster runter, Gruß - alles unaufgeregt - Schlagbaum hoch, weiter! Man kennt sich.

Die fleckenhafte Bebauung nimmt zu. Siedlungen im Kolonialstil: einstöckige Häuschen mit Arkaden und Vortreppen, auf den Stufen Hockende in kleinen Gruppen. Der Flugplatz *José Martí* liegt etwa dreißig Kilometer vom Zentrum Havannas entfernt. Die Straße ist jetzt eine vierspurige Avenida. Bogenlampen über der Fahrbahn tauchen sie in gelbes Licht. Statt Reklame beleuchtete Tafeln mit Polit-Parolen, darauf junge Menschen mit strahlenden Gesichtern. *¡Venceremos - Progreso – el nuevo plan de cinco* años!

Aus der Düsternis links und rechts tauchen Plattenbauten auf. „System made by GDR", flüstert Lisbeth. Dann eine Zone, die wir als Gewerbegebiet bezeichnen würden. Laborbauten, den Schildern *biología* und *química* nach. Eine weitgezogene Kurve, dann parkähnliche Anlagen mit villenartigen Gebäuden. Die Ampeln zeigen die Wartezeit bis zur Grünphase an: *40 sec, 30 sec, 20 sec, 10 sec* leuchtet auf.

Nach einer Brücke, unter der sich ein träge fließendes Gewässer dem Meer entgegen wälzt, biegen wir in schluchtenartige Großstadtstraßen ein. Hohe Gebäude, mindestens sechs, acht Stockwerke, grau, abblätternder Verputz, erbärmlich im Kontrast zum Villenviertel zuvor. Dichter Verkehr - welch eine rollende Schrotthalde längst vergessener Modelle! Es geht nur langsam voran. Dazwischen grellbunte Dreiradkabinenroller, zum Teil mit offener Ladefläche und dann diese riesigen uralten Amischlitten in allen Farben.

Vorbei an der hell erleuchteten Kuppel des Kapitols, vor das imposante Gebäude des Hotels *Inglaterra* neben dem Theater! Gegenüber dem Hotel ein großer Platz, einem Park ähnlich: hohe Bäume und ein Brunnen mit einem Denkmal. Er ist noch belebt um diese späte Stunde.

Unser Taxi-Bus hält vor dem Hoteleingang. Braun livrierte Angestellte, die Genossen Mitarbeiter, entladen das Gepäck und stellen es in der Lounge auf. Gekachelte Wände, schwere Clubsessel, niedrige Glastische, Lüster an der hohen Decke und nebenan über einem großen Raum ein imposantes Glasdach. Zwischen seinem Geäst aus Metallstreben farbige Gläser. - Art-Deco pur!

Was wir rasch lernen, ist der Umgang mit dem Personal. Mit der Gabe von Trinkgeld beginnt die einfachste und sofort funktionierende Form der Verständigung. Es wird erwartet, schon wenn einer der livrierten Helfer nur die Tür des Taxis öffnet. Mit dem Abstellen des Koffers am Bordstein steigt der ungeschriebene Tarif.

Einer der ersten Hinweise, welche uns der Herr von der Reisagentur gibt, als wir in der Lobby auf ihn treffen: „Tauschen Sie hier im Hotel Euro gegen CUC[23] und achten Sie darauf, diese in kleiner Stückelung zu erhalten."

Der Umgangston der Damen an der Rezeption - sie sprechen englisch oder sogar deutsch - ist reserviert, distanziert. Ich konnte in diesem Moment noch nicht wissen, dass eine freundliche Auskunft über das Einchecken hinaus zwei CUC wert ist.

Das nächste Problem: Lift oder Treppe? Normalerweise benutzen Gäste wohl den Aufzug, eine offene Eisenkonstruktion, wie von Monsieur Eiffel geplant. Vor dem Lift Wartende in Zweierreihe! Ein kurzer Blick zu Lisbeth und wir steuern mit dem Gepäck Richtung Treppenhaus. Unser Zimmer ist in der ersten Etage. Aber welche Treppe sollen wir nehmen? Es gibt kurze breite, die über wenige Stufen zu einer erhöhten Ebene führen

---

[23] CUC (internationale Abkürzung für *peso cubano convertible*), bis 2021 die konvertible Währung für Touristen und Kubaner, denen Geld aus dem Ausland überwiesen wird, auch zur Verrechnung intern im Wirtschaftsleben, gebunden an den Dollar 1:1.

und wahrscheinlich von dort weiter und schmale steile Treppen, die offenbar die Etagen direkt verbinden.Wir entscheiden uns für eine schmale Treppe, verfolgt von zwei Hotelmitarbeitern, die nicht zulassen, dass wir unsere Koffer selbst schleppen. Seit eben haben wir CUC in Münzen und können uns ihre Hilfe leisten.

Das Zimmer ist ordentlich ausgestattet. Im Bad eine Wanne mit Handdusche, Kacheln und Armaturen, alles in Art-Deco. Kein Fenster ins Freie, nur eins auf den Flur, so hoch angebracht, dass selbst ich einen Stuhl brauche, um an die Verriegelung zu gelangen. Die Klimaanlage funktioniert mäßig, aber die Toilette fließt nicht ab! Der herbeigerufene ‚fontanero‘ scheint das Problem zu kennen. *¡Todo a punto!* stellt er nach wenigen Minuten zufrieden fest, nachdem er zwei CUC im Arbeitsanzug verstaut hat. Offensichtlich so zufrieden, dass er uns das Funktionieren von Spülung und Abfluss nochmals so deutlich demonstriert, als kämen wir aus einem Land ohne Wasserspülung.

Anderntags das gleiche Problem, sein erneuter Lösungsversuch – der Abfluss funktioniert bis zur Abreise. Wer nach uns kommt, braucht vier CUC. - Asi es Cuba!

Wir könnten im Restaurant auf der Dachterrasse speisen, erfahren wir an der Rezeption. Müde nach dem Flug, ziehen wir diese Möglichkeit einem ersten Abenteuerspaziergang durch die Gassen Alt-Havannas vor. Mit dem Lift? Nein, lieber über die Treppen. Vermutlich gibt es keinen TÜV auf Cuba, aber Stromausfälle, und wir sind hungrig.

Ein weites, matt beleuchtetes und menschenleeres Treppenhaus mit einem großen ovalen Treppenauge und schmalen Aufgängen – alles in hellem Marmor. In der vorletzten Etage endet die Pracht, aber entfernt hört man Pianoklänge. Im Dunklen tasten wir uns über eine schmale, eiserne Treppe in Richtung der Klänge nach oben. Durch eine quietschende Stahltür treten wir hinaus auf die Dachterrasse und können es nicht glauben:

Schlagartig fühlen wir uns in einen Hollywood-Film der frühen Fünfziger versetzt. Die beleuchtete Kuppel des Kapitols überragt die Dachlandschaft. Vollmond über den Dächern von *La Habana*, untermalt von verhaltenen Pianomelodien. Wärme, leichter Wind und als leiser Hintergrund-Sound die entfernten Geräusche der Straße.

Moment mal, ist die blonde Dame an einem der Tische an der Balustrade nicht Rita Hayworth? Und ihr gegenüber, der Herr mit den graumelierten Schläfen, könnte das Gregory Peck sein? Wo ist Humphrey Bogart? Vermutlich an der Bar!

Der Blick auf die Speisekarte und auf die Gäste in Sweat-Shirts holt uns in die Wirklichkeit zurück. Ja, bitte einen Tisch mit Sicht auf die Plaza. Mit großer Geste bringt der Kellner eine Karte mit kleinen Gerichten. Nicht in den Fünfzigern, im sozialistischen Cuba sind wir angekommen. Aber das Ambiente ist großartig und die Preise auf der Speisekarte sind moderat.

*

Zwei Tage vor dem angesagten Rückflug treffen wir auf der Insel *Cayo Levisa* auf Ernesto, einen quirligen Reiseleiter. Er ist ehemaliger Sprachenlehrer, spricht fließend deutsch, französisch und englisch. Nichts gegen die Effizienz des kubanischen Bildungssystems, aber Ernestos Perfektion verweist auf Auslandserfahrung. Seine Eltern seien im diplomatischen Dienst gewesen, deutet er an. Mit Andeutungen hat man auf Cuba vorliebzunehmen. Wir kennen uns noch nicht lange, da schlägt er vor, mit ihm nach *Pinar del Rio*, seiner Heimatstadt im Westen Cubas zu kommen.

Kurzerhand verlängern wir telefonisch unseren Aufenthalt über die Außenstelle der Reiseagentur in Havanna, mieten ein Auto, können aber in Pinar kein Hotelzimmer buchen. Angeblich alles belegt! Ernesto macht das für uns vor Ort, erwartet uns vor dem Hotel: „An der Rezeption meinen Namen nennen und fünf CUC auf den Tisch legen."

So tauchen wir für eine Woche in den kubanischen Alltag ein. Zwei Tage lang führt Ernesto mich in der Stadt herum, stellt mich unentwegt vor. Lisbeth verbringt diese Zeit in der Obhut seiner Frau. Magen-Darm-Infektion! In der Nacht war sie im Hotel kollabiert. Tatjana – über russische Vornamen wundern wir uns auf Cuba nicht mehr – kümmert sich rührend um sie. Noch gestern am späten Abend meldete das Kliniklabor: keine Amöbenruhr. Der Doktor kommt zweimal täglich, hat Antibiotika dabei. Alles kostenfrei! Das kubanische Gesundheitssystem funktioniert ohne CUC.

Ob Tatjana, Ernesto, Camillo oder José, sie alle üben unabhängig von ihren Hochschulabschlüssen eine Tätigkeit aus, die wenigstens ab und zu die Chance bietet, an den konvertiblen Peso zu gelangen. Anders ist das Leben hier kaum zu ertragen. Nur wer als Kubaner über CUC verfügt, hat Zugang zum freien Warenangebot in speziellen Geschäften und auf den Bauernmärkten. Einzig Streichhölzer waren auf ganz Cuba nicht zu bekommen. Außer bei Maria, der Seele der Café-Bar in *Las Terrazas*! Sie hatte ein Schächtelchen *fósfori* für mich– auch ohne einen CUC zu nehmen!

Camillo ist Elektro-Ingenieur, war einige Jahre in der DDR und arbeitet derzeit an einer Tankstelle, die auch Touristen mit Mietwagen anlaufen. José kann Ausbildung und Tätigkeit verbinden. Er ist Biologe, gestaltet für einen staatlichen Verlag Broschüren über die Natur der Insel, organisiert für Touristen Exkursionen zur besonderen Pflanzenwelt und führt durch Höhlen. So bezahlt er seine Kamera ab! Neben Gattin Eleonora sein Ein und Alles.

Ihn suchen wir am Stadtrand von Pinar in seinem Haus auf. „Morgen geht's zu den Bauern in die Sierra", hatte Ernesto erklärt und deshalb sind wir nun bei José. Eine Strecke von etwa 200 Kilometer bis zum *Parque Nacional La Guira*, und dort zu einem entlegenen Winkel in den Bergen. Kein anderer kenne sich dort so gut aus wie er.

„¡Eleonora, café por favor!", brüllt José gut gelaunt in Richtung der mit Palmblättern abgedeckten Küche.

„¡Si, si, en seguida termino!" kommt zurück.

„Morgen werden wir alle mit Leuten vom Land feiern! - Nachher fahren wir zum Bauernmarkt und kaufen eine Schweinehälfte, auch Gemüse und Früchte", kündigt Ernesto an und lädt leere Kartons von José in unseren Mietwagen. Die nötigen CUC steuern wir bei!

Früh am nächsten Tag steht Camillo mit seiner Familie im Lada eines Freundes und unseren Einkäufen in Plastikbeuteln und Kartons vor Ernestos Haus. Einen Teil laden wir in unseren Mietwagen um, damit Tatjanas und Ernestos Töchterchen zu Camillos Sohn in den Lada kann. Den genauen Weg kennt nur José und der sitzt neben mir, Ernesto, Tatjana und Lisbeth hinten. Ab und zu suche ich ihren Blick im Rückspiegel. Sie sieht noch blass aus, aber glücklich. Es war ihre Idee, nach Cuba zu reisen.

Wir durchqueren *Viñales*, das bekannte Tabakdorf, umgeben von den *Mogotes*, jenen kegelförmigen Formationen, von Tropfsteinhöhlen durchzogen. Die Straße zwischen Pinar del Rio und dieser großen Kommune ist in gutem Zustand – Touristenstrecke! Hinter den Höhlen plötzlich Naturpiste und in Kurven knöcheltief feiner gelber Sand. Bei Regengüssen schieße hier das Wasser über die Straße, erklärt Ernesto.

Auf einem Streckenabschnitt in einer steilhügeligen Landschaft erstirbt das Plaudern in drei Sprachen. „Fahr vorsichtig, Felix, und ja nicht zu schnell!", fordert mich Ernesto auf. José brummt abfällig. Am Anstieg muss ich eh langsam fahren, das Korea-Auto gibt nicht mehr her. Unsicher schaue ich nach links und rechts.

„Vielleicht ist es besser, Felix, wenn du nicht so auffällig ins Gelände siehst." - „Eine Radarantenne, ausgerichtet auf Miami?", erkundige ich mich scherzhaft. Ernesto schweigt.

Auf der Passhöhe zweigt eine asphaltierte Straße ab und windet sich in Kurven weiter den Hang hinauf. Ernesto atmet durch. „Diese Straße führt zu einem Landsitz Castros hinter dem Hügel. Man muss hier mit Kontrollen rechnen." José findet seine Besorgtheit offenbar unangebracht und verrät uns den Grund seiner Ruhe: Vom Tal aus sei am Mast vor dem Landhaus keine Fahne zu sehen gewesen.

Noch eine gute Weile darf ich meine Fähigkeiten als Pistenpilot im Gelände beweisen, dann erreichen wir ein buchtartiges Tal mit Gärten, Feldern, Bananenpflanzungen und diesen kleinen bäuerlichen Streusiedlungen aus weißen Holzhäusern. Ernesto zeigt auf ein Wiesenstück im Talgrund. „Dort unten kannst du den Wagen abstellen, wir steigen aber vorher aus." Das erweist sich als vorausschauend. Die letzten Meter auf der abschüssigen und vom Regen ausgewaschenen Zufahrt bilden sozusagen die abschließende Prüfung auf der Rallye durch das Naturreservat. Wir wären aufgesessen!

José stellt uns der Besitzerin vor. Der Bäuerin? Keineswegs – sie ist Kollegin, Biologin wie er. In ihrem einfachen, blitzsauberen Häuschen vermietet sie Schlafplätze, vorwiegend an Wanderer und Höhlenforscher aus der Schweiz und den Niederlanden.

Dann hat Ernesto es eilig. „Felix, du wirst ein Stück Natur kennenlernen, das Katalog-Touristen verschlossen bleibt." Die Geschäftigkeit der Frauen beschleunigt unseren Aufbruch. Lisbeth, der man gleich ein Messer in die Hand gedrückt hat, steht bereits an einem einfachen Holztisch und zerteilt Gemüse.

Entgegen dem Lauf des kleinen Flusses, an dem die Siedlung liegt, gelangen wir nach einigen hundert Metern zum Buschwald am Fuß eines Hügels. José teilt das Gesträuch, strebt im Tempo eines ortskundigen Pfadfinders über den modrigen Untergrund. Dann stehen wir vor einem Abhang. Der Fluss hat ein canyonartiges Tal geschaffen. Jetzt in der Trockenzeit führt er wenig Wasser. Über eine kaminartige Engstelle, auf von Wasser glatt poliertem Gestein, rutschen wir auf dem Hosenboden zur Talsohle. Hier unten lässt Josés Eile nach. Nicht ohne Grund, wenn ich seine kugelige Gestalt und die zu begehende Trasse sehe. - Die nächsten zwei Stunden hangeln wir uns an glatt geschliffenen Felsbänken entlang, quälen uns durch trockenes und brüchi-

ges Buschwerk hinauf in den Hang und wieder zurück. Er kennt die Standorte der endemischen Pflanzen, die wir Tage zuvor im Botanischen Garten von Pinar gesehen haben. Sie in ihrer natürlichen Umgebung zu entdecken, ist schon ein anderes Erlebnis.

Und da ist sie, meine kleine Palme, die mir schon an anderer Stelle auf der Insel aufgefallen ist. Aber wie muss sie sich quälen, um ihre Wurzeln in feuchtem Grund zu halten! Sie hat den Stamm fast horizontal über eine Steinplatte parallel zum Hang geschickt und richtet ihren Blattfächer in der Sonne auf.

Wieder am Flussbett, sieht sich José nach einem Übergang um. Er winkt uns herbei und beginnt über Steine zu springen. Elegant macht er das.

Ein Schlag! Wasser spritzt und José sitzt in einer wannenartigen Vertiefung. Am ausgestreckten Arm hält er seine Canon über sich. Ernesto ist als erster bei ihm und nimmt ihm die Kamera ab. Fluchend sucht José einen Ausstieg, wir verkneifen uns das Lachen. Bis zum Gürtel durchgeweicht, wälzt er sich seitwärts über eine

Steinplatte. Dann streift er das Wasser an den Hosenbeinen entlang ab. Und nun lacht auch er. Bei Temperaturen über dreißig Grad - 32°C zeigte das Thermometer am Bauernhaus - eine unfreiwillige Erfrischung.

Oberhalb dieser Stelle verläuft ein schmaler Pfad. José deutet auf einen Felsbrocken, von der Verwitterung gerundet. Splitter eines härteren Gesteins, von der Erosion freigelegt, sind in seiner Masse eingeschlossen. Vom *Señor ingeniero* möchte er wissen, vor welchem *fenómeno natural* wir stehen. Ähnlichem Gestein sei ich in Norwegen begegnet, sage ich. Zeugnis eines Meteoriteneinschlags? *Correcto*, bestätigt er und ich habe die Prüfung bestanden.

Der Pfad führt in Windungen hinauf auf die Talschulter zu einem Bauernhaus. Dort treffen wir auf einen jungen Mann, der am Griff eines Handrades kurbelt. Aus dem dichten Gebüsch am Hang über dem Flussbett taucht eine etwa zehn Liter fassende rostige Tonne auf. Praktisch, denn ein Waschtisch nimmt sogleich das geförderte Nass auf. Der Junge wechselt ein paar Worte mit José und beginnt dann, schmutzverklebte Schuhe zu reinigen.

Wenige Schritte um das Bauernhaus herum – ein kleiner Hund überzeugt sich von unserer Harmlosigkeit - erreichen wir ein weiteres Bauernhaus jenseits Straße in einem schmucken Garten. Eine Agave streckt ihren Blütentrieb meterhoch bis über das Palmblätterdach des Hauses. Von dort schlendern wir talwärts und erreichen nach einer guten Stunde unsere Siedlung.

Was gäbe ich jetzt für einen Kaffee! Den könne ich erst hinterher bekommen, höre ich von Lisbeth.

Auf dem Hof neben dem Haus bewacht sie auf einer Feuerstelle - drei Steine, dazwischen Holzglut - einen mit Bananenblättern abgedeckten Topf. Unter denen quillt Dampf hervor. „Reis", sagt sie.

Im offenen Mittelgang des Hauses erscheint die Hausherrin. „¿Terminado?" ruft sie Lisbeth zu. Die hebt ein Bananenblatt an und rührt mit einem Stecken im Sud, streift Reiskörner ab und kostet. „Sì, sì, subito", brüllt sie über den Hof. Das ist Italienisch und wird verstanden. Tatjana eilt herbei, der Reis muss jetzt achtsam neben der Feuerstelle abgegossen werden. Lisbeth und Tatjana halten den Topf schräg, eine dritte Frau hindert mit einem siebähnlichen Schöpfer den Reis daran, mit dem Wasser auszufließen. Einige Hühner schauen interessiert zu.

Der Tisch ist gedeckt im luftigen Schatten des Hauses. Eleonora, sie ist Ärztin, zerlegt noch die gegrillte Schweineseite. Das erfordert chirurgische Erfahrung! Dann klatscht Madame in die Hände - es ist angerichtet!

Welche Fülle! – Eine Platte appetitlicher als die andere! Papayas, aufgeschnittene Mango, dazwischen gedünstete Tomaten, schwarze Bohnen, Kochbananen und Malangas, der Reis in Schüsseln. Das Fleisch wird auf einer Platte herumgereicht. Man legt mir ein weiteres Stück auf den Teller.

Jemand ruft „¿cerveza?" - richtig, hier fehlt Bier! Ernesto geht hinter das Haus und kommt mit eisgekühlten Bierdosen zurück. Wassertropfen perlen ab. Wir

staunen! Eis im subtropischen Klima der Sierra? Ja,
dank Stromanschluss und einer chinesischen Gefrier-
kombination: *¡Gracias ala Revolución!*

„Felix, der Wein!" flüstert Lisbeth. Ach ja, der französische Rotwein aus dem Flugzeug! Muslimische Nachbarn hatten uns ihre Rationen überlassen. Ich eile zum
Auto. Über den Wein in den sechs kleinen, grünen Plas-
tikfläschchen staunen alle.

    Nun ist das ein ganz richtiges Fest!

*

Unter klarem Sternenhimmel kehren wir nach Pinar
zurück. Morgen früh um neun werden wir nach Ha-

vanna fahren. Tatjana, Ernesto und das Töchterchen wollen uns begleiten, einige Stunden gemeinsam mit uns in der Altstadt verbringen. Um 20.30 Uhr startet unser Flug. Und dann werden wir postalisch unsere Träume austauschen: Ernesto seinen von Europa und den schneebedeckten Alpen, die er aus Kinderjahren kennt, und ich den von den grünen Bergen der Sierra und ihren freundlichen Menschen.

◆

Zwischen den Stühlen

Wer bin ich heute, am 13. Mai 2019? Ich weiß es immer noch nicht! Einer mit Deutsch als Muttersprache und rumänischer Bildung, Abitur in Sebeş, Militärdienst als Wehrpflichtiger, Romanistik-Studium begonnen - abgebrochen. Als Lehrer brauchte man mich nicht, einen Deutsch-Rumänen. Heute lebe ich in der Bundesrepublik, bin hier Staatsbürger.

1,82 m groß, schlank, ja mager, wie manche meinen, braune Augen, dunkelblondes Kraushaar grau durchzogen, schmales Gesicht. Meine Nase ist nicht eben als kurz zu bezeichnen, leicht gebogen, und ich habe heute Geburtstag.

1956 - also vor dreiundsechzig Jahren - wurde ich im Städtchen Mühlbach geboren, das heute *Sebeş* heißt, nicht im eigentlichen Siebenbürgen. Meine Volksgruppe mit ihren protestantisch-deutschen Traditionen blieb aber weitgehend unter sich und wird deshalb zu den Siebenbürger Sachsen gezählt.

1980 bin ich mit meiner Mutter in die Bundesrepublik gekommen, ins Markgräflerland. Also ziemlich genau dorthin, von wo vor über zweihundert Jahren meine Vorfahren nach Siebenbürgen ausgewandert sind. Der Markgraf von Baden-Durlach, zu der Zeit auch Landesherr im Südwesten Badens, erlaubte damals armen und kinderreichen Familien den Wegzug. Deshalb nannte man uns die „Durlacher". Mit der Religionszugehörigkeit hatte das nichts zu tun, wie das bei anderen Zuwanderern im Karpatenbogen war.

Ich arbeite in Freiburg in der Abteilung *Lagerwesen* eines Unternehmens für Baubedarf, wie man das Sortiment von Maurerkelle bis zu teuren Fliesen und importiertem polierten Marmor für Luxus-Appartements so wundervoll bedarfsneutral nennt. Kundenkontakt habe ich keinen, berate niemanden, dazu hätte ich auch gar keine Zeit. Die gesamte Lagerhaltung am Computer zu verfolgen, das ist meine Aufgabe. Von welchen Artikeln und aus welchen Produktionslinien der Hersteller, das bestimmen andere. Täglich gebe ich Hinweise auf Bestandslücken und Überhänge, bezogen auf Lagerkapazitäten. Wir sind in der Branche ein regionaler Großbetrieb mit Filialen. Gelegentlich braucht man mich zum Übersetzen aus oder ins Italienische, mein Studienfach als zweite romanische Sprache.

Im Umgang mit der elektronischen Datenverarbeitung habe ich keine Fachausbildung, habe lediglich die einführenden Lehrgänge der Software-Anbieter mitgemacht, mir den Rest über die Jahre selbst angeeignet. Entsprechend mager fällt meine Besoldung aus.

Auch heute, das weiß ich, bin ich einer ‚zwischen den Stühlen'.

*

Erich hat eine Flasche Sekt dabei für den unter Kolleginnen und Kollegen an Geburtstagen üblichen Umtrunk in der Mittagspause.

> *Du bist nun dreiundsechzig Jahre alt, und man sieht es Dir nicht an. Hast Du Dir schon einmal überlegt, was die Zeit für Dich noch bringen kann, die vor Dir liegt? Ob lang oder kurz, hoffentlich etwas aufregend Schönes auf dieser Welt, das Dich für die Mühen durch den Trott Deines Alltags belohnt!*

Das hat Roger auf die Rückseite einer Glückwunschkarte geschrieben, die vorne ein leicht bekleidetes Playgirl zeigt. So ist er eben, der gute Roger, der seinen Kollegen Erich zu kennen glaubt und ihm am Morgen die Karte unter die Tastatur des Computers geschoben hat.

Zu Hause in seiner Wohnung unter dem Dach – zwei Zimmer zur Miete im Eigenheim eines pensionierten Ehepaars, - wirft sich Erich auf die Couch, legt die Beine über das Tischchen, dreht Rogers Karte in der Hand und denkt nach.

Bei dem fast nackten Weib hat der brav katholische Roger bestimmt nicht an Sankt Pauli oder sonst einen Rotlicht-Bezirk auf dieser Welt abgezielt, eher auf das Alleinsein seines zurückhaltenden Kollegen, der selten über sich spricht.

Erich, halb liegend auf der Couch, schwenkt die Karte vor sich, murmelt *die Welt – die Welt – welche Welt?* Auf dem CD-Player läuft Schuberts *Winterreise*. Er liebt klassische Musik.

Mit der Mutter wäre er gerne nach Sebeş gefahren, so für drei, vier Wochen. Die Sehnsucht nach der alten Heimat hat sie nie verlassen, und er hat in all den Jahren ja noch nie richtig Urlaub gemacht. - Nun ist sie tot, vor einem Jahr gestorben.

Sebeş? . . . Nein, jetzt nicht zurück in die Vergangenheit! Auch wenn es dort keinen Ceauşescu mehr gibt, aber raus aus der Gegenwart! Das sieht Roger ja richtig, oder etwa nicht? Natürlich sieht er das richtig, kennt ihn seit Jahren - Erich, den stillen, unverdrossen arbeitenden Einspänner, der auf etwas spart, was er sich nicht zu wünschen wagt.

Abermals nein: Nicht Paris und nicht New York, nicht die Karibik und nicht die Fjorde Norwegens, nicht mit der Transsibirischen Eisenbahn nach Wladiwostok und nicht als Beifahrer mit einem Laster durch das Outback Australiens . . . alles Kinogeschichten.

Er springt auf - irgendwo muss noch eine Packung *Gauloises-Filter* sein. Er hat sie aus dem Blickfeld genommen, wollte nicht mehr rauchen, höchstens aus besonderem Anlass. Kramt in Jackentaschen und Schubladen, und dabei kommt ihm die Idee. . . *Rom! Rom, die Ewige Stadt, die Weltgeschichte geschrieben hat!*

Die *Gauloises* sind im Bad unter einer Reservepackung Tempos verborgen. Jetzt braucht er noch Streichhölzer. Die sind in der Küche.

Er schwingt zurück auf die Couch und zündet die Zigarette an, bläst den blauen Rauch gegen die Hängelampe und bummelt in Gedanken durch Rom, das er nicht kennt. Doch eine Vorstellung von dieser Stadt hat er: vom Palatin-Hügel, den Überresten aus großer römischer Zeit, von der Kuppel Michelangelos, von der Gebäudeflut der Stadt auf den sieben Hügeln, vom Vatikan und dem Pilgerstrom, von den Oberpfaffen, die in ihren Soutanen geschäftig den von Berninis Arkaden gefassten Platz queren. In Gedanken bummelt er an der Engelsburg vorbei über die Tiber-Brücke in das alte Stadtzentrum mit seinen Palästen, Plätzen, Brunnen und den vielen Restaurants, teuren Läden und Bettlern, spürt die Stille der Parks und die Kühle der Museen. Alles im Licht des Morgens, in der Hitze des Mittags, im lauten Leben des Abends. *Von mir aus auch im Regen*, brummt er und sucht nach dem Stadtplan *ROMA LA CITTA*, den er ganz unten in einer Schublade vermutet.

Er zeichnet Kreise auf den Stadtplan, nicht zu viele und alle in etwa einem Kilometer Luftlinie zur *Piazza San Pietro.*

Die Nähe zum Vatikan glaubt er sich als Christ verdient zu haben. War nicht sogar Martin Luther hier? Dann wird ein Erich Huber damit nach fünfhundert Jahren ebenso wenig die Reformation verraten. Für ihn ist die Unfehlbarkeit des Papstes ohnehin nicht die zentrale Frage, eher ihre Funktion in der Römischen Kirche. Die begreift er als Machtfaktor in dieser Welt - zentral gesteuert. Gleichen ihre Sekretariate im Vatikan nicht Ministerien? Solch ein Apparat braucht eine ‚unfehlbare‘ Spitze. Das kennt er doch aus seiner rumänischen Vergangenheit zu sozialistischen Zeiten.

Also los! Mit dem Stadtplan zu einem Reisebüro und eine kleine Ferienwohnung für eine Woche nachfragen, Urlaub ab 25. Oktober beantragen, einem Freitag. Der Samstag sei Wechseltag in Ferienwohnungen, also einen frühen Flug nach Rom buchen. Dazu rät der freundliche junge Mann im Reisebüro. - Dann zu *Rombach*, der großen Buchhandlung in der Bertoldstraße, nach Rom-Literatur schauen.

Alles klappt wie vorgesehen. Es ist Ende Mai und Erich hat Zeit sich vorzubereiten: lesen, anstreichen, Zettel einlegen und sich freuen. Die kleine Ferienwohnung, die er im Reisebüro ausgeguckt hat, liegt in der *Via di Monte del Gallo*, unweit der Bahnstation *Roma S. Pietro* - also im erhofften Abstand zum Vatikan – ein-einhalb Zimmer mit Kochgelegenheit in einem Anbau zum Vorderhaus, mit kleinem Bad und Etagenheizung. Nicht unwichtig an kühlen, feuchten Herbsttagen.

Fußläufig ist der Petersplatz zu erreichen, das hat er festgestellt. - Zufrieden löscht er die Nachttischlampe.

*

Samstag 26.10.2019 Airport Basel-Mulhouse
Abflug: 08.01 h / Ankunft Rom-Fiumicino - 09.36 h

Samstag 02.11.2019 Airport Rom-Fiumicino
Abflug: 12.42 h / Ankunft Basel-Mulhouse - 14.17 h

So steht es auf dem Buchungsausdruck über dem Hinweis, jeweils eine Stunde vor Abflug zum Einchecken am Airport zu sein.

Von Freiburg Busbahnhof also um halbsechs gestartet, steht Erich in der Warteschlange vor dem Schalter der Fluglinie. - Und alle diese Leute wollen nach Rom? An einem Oktobersamstag? - Das fragt er sich und stößt den Rollkoffer mit dem Fuß weiter. Es ist der erste Flug seines Lebens.

Im Flugzeug schiebt sich Erich im Pulk zum gebuchten Fensterplatz rechts, dritte Reihe. - Fenster? Eher ein verglastes Loch! - Eine Stewardess deutet oben auf eine Klappe für das Handgepäck. Dann hat Erich seinen Platz gefunden, nur für seine langen Beine sucht er noch nach einer aushaltbaren Position.

Die Bordtüren werden geschlossen, die Turbinen laufen in sanftem Sound. Eine Stewardess nimmt im Mittelgang Aufstellung. Aus dem Lautsprecher kommt eine englischsprechende Männerstimme: Die Rettungswesten sind unter den Sitzen. Vorne zeigt die Dame, wo man sie findet - sie hat jetzt tatsächlich eine in den Händen -, und der unsichtbare Engländer erklärt, wie man sie anlegt, wo und wann man im Notfall ziehen muss, damit sie sich mit Luft füllt.

Ach ja, sagt sich Erich, wahrscheinlich überfliegen wir gleich den Bodensee. Dann ist dieser Teil der Show beendet. Die englische Stimme dankt für die Aufmerksamkeit und kündigt Teil zwei nach Abflug an.

Das Symbol zum Anlegen der Sicherheitsgurte leuchtet rot. Anschnallen - anrollen - warten - vor der Maschine ist noch eine andere. Aufrollen auf die Startbahn - wieder warten. Die Turbinen heulen auf, immer eindringlicher. Das Flugzeug beschleunigt aus dem

Stand, drückt die Passagiere in die Sitze - jeder Sport-wagen bliebe zurück. Die Reifen dröhnen gefährlich unter dem Rumpf, der schwankt bei der geringsten Un-ebenheit. Dann endet das Rumpeln und Schwanken. Der Flieger hebt ab, richtet sich auf, zieht in die Höhe wie ein rasender Schrägaufzug.

Der Druck in den Sitz lässt erst nach, als der Steig-flug beendet ist. Die Turbinen summen nur noch. Jetzt schaut Erich aus dem runden Fenster.

Bis zu diesem Moment hatte er das Gefühl, sich übergeben zu müssen.

Die Landschaft unter ihm wird immer kleiner, das Flug-zeug gewinnt weiter an Höhe. Im Durchflug werden Wolkenschleier zu Nebelfetzen im Sturm. Darüber ist der Himmel klar.

Das Flugzeug geht in die Horizontale. Erichs Platz ist vor dem Flügel und der schwankt . . . schwankt? - Grüne Anzeige: Sicherheitsgurte lösen. Vorsichtshalber lässt er den gespannten Gurt zwischen Oberschenkeln und Bauch. Luftlöcher! - Davon hat er gehört. Hinter ihm wird leise gesprochen. Der Nebensitz ist frei geblie-ben. Das Fluggeräusch ist nun beinahe angenehm mo-noton.

Die Stewardessen – Flugbegleiterinnen sagt man heute - haben sich abgeschnallt. Eine macht sich in der kleinen Teeküche zu schaffen, dem Klopfen nach am Kaffeeautomaten. Die andere greift zum Mikrofon und kündigt den versprochenen Teil zwei der Show an.

Wieder die englische Stimme aus dem Lautspre-cher. Diesmal weist sie auf günstige Angebote der Airline hin, die an Bord zu erwerben sind. Im Gepäcknetz vor dem Sitz befinde sich eine kleine Plastikhülle mit Bestellschein und Kuli. Die würde gleich eingesammelt, sagt die englische Stimme und beginnt einzelne Artikel zu benennen. Die Stewardess steht wieder vorne, zieht aus einer Hängetasche benannte Dinge hervor und schwenkt sie mit lächelnder Ausdauer im Mittelgang. Erich staunt, was man so alles in zehntausend Meter Höhe erwerben kann: Armbanduhren, Schmuck, Kosmetika, Krawatten, Shirts, Geschicklichkeitsspiele, Stofftiere und Barbiepuppen . . Befreit von der Mehrwertsteuer? - Durchaus vorstellbar! Airlines kalkulieren hart.

Nach kurzer Pause - die Stewardess sammelt Bestellscheine ein - meldet sich über die Lautsprecheranlage nun der Chefpilot. Er begrüßt die Fluggäste auf 30.172 Fuß Höhe über Grund und stellt seine Crew vor. In einer Stunde und vierzehn Minuten wird die Maschine in Rom Fiumicino landen. Er wünscht weiterhin einen angenehmen Flug, das Wetter sei stabil, und ab sofort könne man warme Getränke und Sandwiches ordern.

Die A320 schwenkt mit 162 Passagieren an Bord auf die Direktroute nach Rom ein. Jetzt sind die Ausläufer der Westalpen erkennbar. Neigt sich Erich zum Bordfenster, scheint ihm die Sonne ins Gesicht. Nebenan werden zwei Kindern die Alpengipfel erklärt. So einen Geographie-Unterricht hätte er damals auch gerne gehabt, denkt er und bestellt Kaffee und ein warmes Schinkensandwich.

*

Rom - Aeroporto Fiumicino! - Keine Passkontrolle für EU-Bürger – aber warten am Gepäckband - und bald steht Erich auf dem Vorplatz. Ein Blick auf seine Reiseunterlagen, und er geht hinüber zur Bahnstation, nimmt die Rolltreppe hinab zum Zug.

Unten angelangt, Krawall!

Ein Polizist und einer von der Bahngesellschaft halten ein schmächtiges, brünettes Kerlchen fest, fast noch ein Kind. Nein, es ist ein Kind! Umstehende beschimpfen den Bengel. Der verzieht so verschreckt das Gesicht, dass man ihm gar nicht zutrauen würde, in der offenen Handtasche einer älteren Dame nach dem Portemonnaie gegriffen zu haben. Die sitzt kreideweiß auf ihrem Koffer, umklammert die zurückgegebene Geldbörse mit zitternden Händen. Unwillkürlich tastet Erich die Gesäßtasche ab. Sein Portemonnaie ist noch da. Noch! Es wird besser sein, es in den Brustbeutel zu tun. Das will er gleich machen, wenn er im Zug sitzt.

Im gleichen Moment wird er von der Seite angerempelt. Doch Erich ist gewarnt! Blitzschnell stößt er den Mann zurück. Ein zweiter, der diesem ähnlich sieht, bemüht sich auffällig um den Gestrauchelten. Erich lacht höhnisch und beeilt sich, diesen Ort zu verlassen. Jetzt hat der Rumäne in ihm reagiert, gesteht er sich fast überrascht ein, dem sind solche Methoden nicht unbekannt.

Das ist die erste Erfahrung in Rom, die Erich lieber nicht gemacht hätte und sie drückt seine Stimmung. Er erwartet hier zwar Kulturgenuss, aber die Stadt ist eben eine Metropole mit all ihren Gesichtern, wie andere auch. Er seufzt und besteigt den Zug zur *Stazione Traste-vere*. Dort wird er umsteigen.

Am Bahnsteig der *Stazione Roma S. Pietro* erwartet ihn der Vermieter. Fast schon anrührend, mit welcher Sorgfalt der *Eric* auf den Karton geschrieben hat, den er über sich hält.

Dieser Eindruck trifft auch auf die kleine Woh-nung zu, zu der er ihn führt: Ein Raum, etwa sechs mal vier Meter, von beachtlicher Höhe, mit einer eingezoge-nen Empore. Über die schmale Holzstiege entlang der Innenwand gelangt man oben zum Doppelbett. Im vor-deren Bereich befindet sich die kleine Küchenzone, un-ter der Empore eine gemütliche Wohnecke mit TV-Gerät und ‚Sound-Maschine', wie Erich Stereo-Anlagen mit Boxen nennt, und die Tür zu einer großzügig bemesse-nen Terrasse mit Orangen- und Zitronenbäumchen in Tontöpfen. Die Sicht reicht bis zur Kuppel von S. Pietro und unterhalb fällt der Blick auf die verwinkelte Gasse, die er soeben mit Signore Baldini gekommen ist. Der möchte mit *Salvatore* angesprochen werden und legt seine Visitenkarte in der Küche ab, unterstreicht die Telefonnummer.

Die Miete? - *Bitte am vorletzten Tag in bar, Eric. Du weißt schon, die Steuer!*

Erich, der in Rom nun *Eric* heißt, streckt sich auf dem Bett, rechnet nach, dass er bereits seit fünf auf den Bei-nen ist, seinen ersten Flug und weitere Erlebnisse hinter sich hat und nun eine Pause braucht.

Gegen vier am Nachmittag kommt er zu sich, gießt

einen Pfefferminztee auf, isst das letzte Käsebrot und macht sich auf den Weg - zur Piazza San Pietro!

Rush-Hour in Rom, - von im Ampelrhythmus heranrauschenden Fahrzeugwellen über Zebrastreifen gehetzt, erreicht er jenseits der *Via Aurelia* die hohe Mauer unterhalb des Vatikan-Hügels. Erst jetzt bleibt er stehen, atmet tief durch und ist sich absolut sicher, tatsächlich in Rom angelangt zu sein.

Am ersten Kiosk unterhalb der Mauer kauft er eine Postkarte. Selbstverständlich zeigt sie den Blick über die Piazza zum Petersdom. Dann setzt er sich auf eine Stufe und schreibt, die Karte auf den Knien, in seiner kleinen Schrift:

Liebe Mama, ich bin in Rom, schaue auf die große Kirche San Pietro und weiß nicht, wie ich Dich im Himmel erreichen kann. Solltest Du mich sehen, sende bitte eine graue Taube vorbei. Weiße hat es hier in Fülle. *Dein Erich / den sie hier Eric nennen*

Vorsichtshalber adressiert er die Postkarte an sich selbst, ersteht im Verkaufswagen der Vatikan-Post drei wunderschöne Briefmarken, klebt sie auf, steckt die Karte in die Seitentasche des Lederblousons und schlendert den Arkaden entlang einmal um den Platz. Am Eisstand vor dem Café-Restaurant an der Ecke ersteht er eine Waffeltüte mit zwei Kugeln Vanille-Eis und hockt sich auf einen der Steinpoller am Übergang zur *Via della Conciliazione*, schaut sich um und meint, in den Kandelabern der Prachtstraße einen Hauch des Geistes Mussolinis zu spüren.

Eisgenuss in der Dämmerstunde. Die Steine rund-um geben die Wärme ab, die sie an einem Oktobertag gespeichert haben. Mittlerweile ist die Beleuchtung angegangen. Scheinwerfer senden ihre Lichtstrahlen bis in das Blaugrau des Himmels. Die Eigenbeleuchtung der Kuppel und der Fassade rückt die Szenerie zusätzlich ins Rampenlicht. Dem Abschied vom Tag folgt die Nähe der Nacht. Die Zweckbauten des Vatikans, hohe unspektakuläre Häuser, bleiben dunkle Kulisse, von einzelnen erleuchteten Fenstern abgesehen. Diniert der hohe Klerus bei gedämpftem Licht? Erich sollte noch zu dem kleinen Supermarkt in seiner Straße.

Nach Pellkartoffeln mit Ricotta und einem Apfel schläft er wie ein Bär im Winter. Am Morgen wacht er erst gegen zehn Uhr auf. Dann hat es Erich eilig. Die Tage sind jetzt im Spätherbst schon kurz und die Stadt ist weitläufig. Von Anhöhen aus kann sie einem sogar unendlich vorkommen. Sollte er sich ein Dreitageticket für Busse und Bahnen besorgen? - Heute noch nicht! Er wird den gleichen Weg wie gestern nehmen, sich auf dem Petersplatz nicht aufhalten und zur Engelsburg am Tiber gehen. Das könnte ab jetzt seine Hausstrecke werden. ?
    Und die Museen, der Palatin, das Colosseum?
Eine knappe Woche, lieber Eric! Und du willst alles mitnehmen, was Rom ausmacht? sagt seine innere Stimme. *Übernimm dich nicht und lerne erst einmal die nahe Stadt kennen. Du bist zum ersten und bestimmt nicht zum letzten Mal hier! Es wäre doch schade, Stunden in Besucherschlangen vor Ticketschaltern zu verbringen, wie du es gestern am Peters-*

dom beobachten konntest. Beim nächsten Besuch hast du schon mehr Übersicht und wirst im Voraus die Eintritte online buchen. Rom - allegro moderato! Das könnte deine Devise für die Woche sein.

Wonach sucht er also? Das fragt er sich, und eine Antwort nimmt Form an: Nach Überraschungen beim Durchstreifen der Stadt, dem Unspektakulären, nach den leisen Tönen im Gewirr der Geräusche, dem Wechsel der Gerüche und dem von Licht und Schatten.

Menschen gehen hier ihren täglichen Verpflichtungen nach, wohnen, leben zwischen und mit den Zeugnissen der Vergangenheit. Bei notwendigen Bodenarbeiten, ob an Wasserleitungen, Kabeln oder der Kanalisation, kann jeder Dezimeter in die Tiefe die Hinterlassenschaften zurückliegender Epochen aufdecken. Da stelle ich mich doch nicht an Museumskassen an!

So begründet er sich seine Devise und legt Rucksack, Regenschirm und den blauen *Romführer* bereit.

Bevor er die Wohnung verlässt, prüft er auf der Terrasse das Wetter. Es ist frisch, er sollte einen Pullover über dem Shirt tragen. So zieht er den Lederblouson wieder aus und . . . Wo ist die Postkarte, die er gestern nicht eingeworfen hat? Sie schien ihm doch etwas zu kindlich zu sein für einen, der auf die Rente zugeht. Schade um die schönen Briefmarken mit dem Stempel der Vatikan-Post. Ob sie ihm eben aus der Tasche gefallen ist? Nein, ist sie nicht. Hat sie ein Luftzug durch die Gitterstäbe mitgenommen? Auf der Gasse liegt sie auch nicht.

Von oberhalb naht eine Schar junger Leute, eine

Art Prozession mit drei, vier Kirchenfahnen und singt - es ist Sonntag!

Einige Häuser weiter ist ein Hostel, das hat er bereits mitbekommen. Nun ja, fände von denen jemand seine Karte, wäre sie gar nicht so schlecht aufgehoben, denkt er und macht sich nun endgültig auf den Weg.

Doch wie staunt er - ja, erschrickt geradezu beim Anblick der Menge auf dem Petersplatz. Er geht die wenigen Stufen zu den Arkaden hinauf, lehnt sich an eine Säule, überschaut das Menschenmeer. Ein asiatisch aussehendes Pärchen bedeutet ihm, sie zu fotografieren und drückt ihm eine kleine Kamera in die Hand. Der junge Mann zeigt wiederholt auf den Auslöser, seine Begleiterin nickt heftig. Dann legen sie die Köpfe aneinander und lächeln in die Linse, also drückt Erich den Auslöseknopf. Die junge Frau gibt Zeichen, dass die Prozedur mehrfach zu wiederholen sei - mal er den Arm um sie, darauf sie an seiner Brust. Ihre Positionswünsche sind schier unerschöpflich. Nach etwa zehn Aufnahmen reicht Erich die Kamera zurück. Kopfnicken, Verbeugen - und das mehrfach. Asiatische Höflichkeit.

Im Duftgemisch von Schweiß, Deodorant, Kaffee und Fastfood, quält er sich durch die Menschentrauben bis er endlich die *Via della Conciliazione* erreicht. - Hinab zum Tiber, zur Engelsburg, zur Brücke!

Der Andrang vor der Billet-Kasse der Burg scheint kaum geringer zu sein, als eben im Vatikan. Auf der engen Brücke ist fast kein Durchkommen. Es wird fotografiert, gefilmt, mit Souvenirs und Luftballons gehandelt. Familien mit Kinderwagen, dazwischen Senioren in Rollstühlen oder mit Gehhilfen. Eltern bahnen Gassen für ihre Kleinkinder auf Fahrrädchen. Der Unterschied ist nur der, dass hier außer Touristen die Römer selbst unterwegs sind, stellt Erich fest und zwängt sich durch die Menge in Richtung der Parkanlage um Burg und Zitadelle.

Bevor er sich dem Gelände widmet, möchte er einen Blick in den *Romführer* werfen - er hat Zettel eingelegt - und sieht sich nach einer freien Parkbank um. Auch das ist schwierig, denn die Bänke sind sozusagen strategische Stützpunkte für junge Familien, von denen aus sie ihre ‚befreiten' Kinder beim Herumtollen im Auge behalten, sie hin und wieder mit ‚Versorgungsgenüssen' anlocken.

So wird ein abseits liegender Steinquader für Erich zum Ruhepunkt.

Oh je, vier kleingedruckte Seiten zu Engelsburg und Engelsbrücke! Einen groben zeitlichen Überblick hat er schon beim Anstreichen im Text gewonnen, sieht aber im Moment keine Möglichkeit, den gekennzeichneten Passagen Punkt um Punkt nachzugehen. *Muss ich das denn heute?* fragt er sich, klappt das Buch zu und macht sich auf den Weg um die Zitadelle.

Es ist ruhig, leicht bewölkt. Amseln picken am Boden. Der ist teils sandig offen, teils dürftig von Gräsern und blättrigen Bodenpflanzen durchsetzt. In der Stille und im Geruch der Pinien fühlt Erich sich jetzt so wohl, dass er nicht auf Weg und Richtung achtet, den Kindern gleich, die das Gelände auf ihre Weise zum freien Spielen angenommen haben.

An der östlichen Mauer angelangt, beugt er sich hinunter. Viele Meter gesetzte dunkle Steine und unten eine Straße, jetzt am frühen Sonntagnachmittag wenig befahren. Während er überlegt, wo ein Cappuccino ohne Andrang zu bekommen sei, vernimmt er in der Ferne Gitarrenklänge. Die Ellenbogen auf die Mauer gestützt, den Kopf in den Händen, hört er zu. - Bach! Wahrscheinlich eines der Präludien oder eine Fuge. Immer wieder setzt die Gitarre ab, gleitet dann wieder ein wenig unbeholfen in die Melodie. Jemand scheint zu üben. - Anrührend!

Bedachtsam auftretend, eher scheu, nähert er sich den Klängen. Die werden deutlicher, die Akkorde klarer. Auf der Mauerkrone - etwa zwanzig Meter entfernt - sitzt ein schlaksiger junger Mann mit einer roten Mütze über die Gitarre gebeugt. Nach einigen Schritten lehnt Erich sich wieder an die Mauer, schaut in die Schirme der Pinien, lauscht. Der Junge, vor sich auf dem Boden die Schutzhülle des Instruments, blickt kurz zu ihm herüber, bricht ab und spielt dann ein Stück, das er sofort erkennt - *Jeux interdits.*

Die Melodie erwischt ihn kalt, sein Rücken kribbelt, die Augen ziehen Wasser. Genau dieses Lied hatte sein Freund Tiberiu gespielt, mit dem er im Studentenwohnheim das Zimmer teilte. Der kehrte eines Tages von einem Stadtgang nicht zurück. Erst wunderte sich Erich, dann nicht mehr, als der Hausmeister dessen Spind ausräumte und Kleidungsstücke zusammen mit Büchern und Skripten in Kartons stopfte. Im Rumänien Ceaușescus brauchte man nicht zu fragen, was das bedeutete. Wenig später verließ Erich das Land. Heute weiß er, dass die Bundesrepublik Deutschland damals für ausreisewillige Siebenbürger Sachsen bezahlte.

Tiberiu war aber Rumäne und seine Eltern Ärzte, vermutlich im Visier der Geheimpolizei. An deren Auswanderung glaubt Erich bis heute nicht.

Und jetzt hier nach all den Jahren dieses Lied!

Der junge Mann legt die Gitarre auf der Schutzhülle ab, kommt näher, sieht Erich fragend an und setzt sich neben ihm auf die Mauer. Erich wischt sich über die Augen, schnäuzt sich, lächelt verlegen.

„Was hat dich so sehr bewegt?" fragt der Junge auf Deutsch. Offenbar ist ihm klar, dass er auf einen Landsmann getroffen ist. Wieso? - Egal, es ist eben so! Und das spürt ein sensibler Mensch.

Die Frage überrascht Erich, das Duzen nicht. So kennt er es aus dem Betrieb, wenn er Studenten im Praktikum betreut. Die merken sofort, dass er ihnen näher ist als die Krawattenträger.

„Ich komme ursprünglich aus Rumänien", antwortet Erich stockend. - „Aus Siebenbürgen?", fragt der Junge nach. „Ja, aus Siebenbürgen, so könnte man grob sagen. . . hatte als Student einen Freund dort drüben, der spielte dieses Lied . . . ähnlich wie du. Ein Rumäne, der eines Tages aus der Stadt nicht wieder zurückgekehrt ist aufs Zimmer im Studentenwohnheim."

Der Junge senkt den Kopf, sagt lange nichts, dann springt er von der Mauer und fasst Erich am Arm: „Ich würde jetzt gerne mit dir einen Espresso oder Cappuccino trinken. Du hast sicher noch mehr zu berichten. Ich mag Begegnungen mit Menschen, die meine Musik berührt. Weißt du, ich würde gerne Musik studieren - habe gerade das Abi gemacht . . . und kann nicht sagen, ob ich das auch wirklich will. Deshalb bin ich in Rom. Verstehst du?" Erich nickt. „Ja, dann komm!", sagt er und holt die Gitarre.

Schweigend geht Erich neben dem Jungen her. Die Möglichkeit zu solchen Überlegungen hätte er in diesem Lebensabschnitt auch gerne gehabt. Freilich, Musik wäre für ihn nicht infrage gekommen. Im sozialistischen Rumänien wurde bereits im frühkindlichen Alter auf Begabung gesetzt, und die hatte er nicht. International beachtete Musiker sollten ‚entstehen', von ‚sich entwickeln dürfen' war keine Rede! Aber Kunstgeschichte oder Archäologie hätte ihn interessiert – doch auch das war von vornherein aussichtslos.

Marco, so nennt sich der junge Mann - wahrscheinlich heißt er Markus - kennt sich in Rom aus. Seit vier Wochen sei er hier und wohne in einem Hostel. - Wo? - An der *Via di Monte del Gallo*, katholisch aber nicht übermäßig fromm, international besucht. Die sprachgewandten Nonnen zeigten Verständnis für die jungen Leute. Marco habe dort auch schon gespielt, doch nur zur Unterhaltung. Als Erich nun sagt, dass sie beide dann ja Nachbarn sind, ist Marco sichtlich überrascht und meint, jetzt begreife er den heutigen Tag wirklich als vorgesehen für ihre Begegnung.

   Auch selten, dass ein junger Mensch so denkt, sagt sich Erich, lacht und meint, hier nenne man ihn Eric.

Am Tiber entlang schlendern Eric und Marco zum Ponte Umberto und hinüber in die Altstadt. Und dann gewahrt Eric, wohin ihn Marco leitet. - Eine einfühlsame Führung zu einem der Zentren römischen Lebens, das Eric nur aus seinem blauen Büchlein kennt, zur *Piazza Navona*. - Dutzende und gut besuchte Cafés und Restaurants. Aber hier im Freien zwei Plätze finden?

Doch, doch, das müsste möglich sein, beteuert Marco. Die meisten ‚Romstreuner‘, so drückt er sich aus, würden hier nur kurz Kaffee trinken. In dem Moment erhebt sich vor ihnen ein Paar von seinen Stühlen; die beiden Kinder hetzen Tauben am Brunnen. Eric und Marco setzen sich rasch - und schon ist der Kellner da.

Die Cappuccini werden serviert und Marco erzählt, dass Papa, sein Vorbild nicht nur als Rom-Kenner, hier 1999 ein Spektakel der besonderen Art erlebt habe: Eine riesige Installation mit dem Titel *Sternenweg*, und am Abend eine Inszenierung mit szenisch bewegten Figuren und einem Tänzer, der als Adam den Weg der Menschheit symbolisch darstellte. Das alles zur Musik eines modernen Komponisten, teilweise disharmonisch überlagert von dumpfen Tönen der großen Instrumente des Skulpturenensembles - eine mysthische Atmosphäre.

Als sein Vater davon im Kreis der Familie erzählte, sei er noch zu klein gewesen, um sich Einzelheiten zu merken. Er erinnere sich aber an Video-Aufnahmen, die ihm Papa immer wieder zeigte, wenn die Sprache auf Rom kam. So habe er mitbekommen, dass Musik mehr sein könne, als die auf ihn steril wirkenden Konzerte, zu denen man ihn mitnahm. Wenn er heute daran denke Musik zu studieren, so habe er stets dieses Erlebnis des Vaters vor Augen, das jetzt noch als etwas Fantastisches schemenhaft in seinem Kopf kreise: Schemenhaft auch die großen Skulpturen auf der Video-Aufzeichnung und im Licht der Strahler Adam und die hinkenden ‚Krückenwesen', wie der Vater sie nannte, in schweren Monturen, die an übergroße Insekten erinnerten.

Mit ausgestrecktem Arm streift Marco über den Platz. „Hier vor uns muss das stattgefunden haben, mit Tribünenplätzen fürs Publikum. . . . Ein unglaubliches Erlebnis, wenn ich mir das Szenario vorstelle, bei Dunkelheit und ausgeleuchtet wie eine Bühne."

Eric sieht den Jungen in seiner vor Begeisterung beinahe überquellenden Vorstellung von etwas, das er nicht selbst erlebt hat, an und fragt dann vorsichtig: „Wäre nicht eventuell die Oper für dich das geeignete Feld? Dann könntest du Spiel und Musik verbunden erleben, sogar mitgestalten."

„Na ja, aber bitte nicht aus dem Orchestergraben! Da wartest du auf deinen Einsatz und bekommst von oben wenig mit." Marco lehnt sich zurück, meint nachdenklich. „Aber aus der Perspektive Theater habe ich mir die ganze Angelegenheit noch nicht überlegt. Und jetzt treffe ich zufällig dich, und du hast eine Idee bereit. . . . Weißt du, Oper war bei mir zuhause kein Thema." Er zögert. „Eigentlich schade . . . ," meint dann: „Doch, doch, meine Mutter mochte Opernmusik", zögert erneut, . . . „aber die hat uns ja verlassen, meinen Vater, meine große Schwester und mich - der Karriere wegen.

Ich war zu der Zeit zwölf und stinksauer auf sie. Und heute?" Marco lacht bitter. „Heute gratuliert sie mir allenfalls zum Geburtstag und legt einen Schein bei." Er verschränkt die Arme im Nacken, lehnt sich zurück. „Ich habe mir keine Klamotten davon gekauft, das Geld für Geschenke zurückgelegt. Bei jedem Hemd oder Pulli hätte ich mir sagen müssen: Der ist von deiner Mutter, Junge! . . . Verstehst du das?"

„Nachvollziehen ja, verstehen nein!" sagt Eric nach einer Weile. „In meinem Fall ist der Vater gegangen, das hatte politische Gründe und leider endgültige. Du ahnst, was das bedeutet?" Marco nickt. „Mit meiner Mutter habe ich bis zu ihrem Lebensende zusammengelebt. Ihr Tod war für mich ein echter Verlust, - und das ist noch nicht lange her."

Allmählich senkt sich die Dämmerung über die Piazza Navona. Es ist kühl geworden. Der Kellner steht am Tisch und möchte kassieren. „Lass mal, Marco! Ich schulde dir mindestens einen oder zwei Groschen für dein Spiel vorhin", meint Eric und lacht.

„Due Espressi e due Cappuccini, dodici Euro, per favore", sagt der Kellner. Eric legt fünfzehn Euro auf den Tisch. Der Kellner möchte ihm herausgeben. „No, no", wehrt er ab, „cosi va bene."

„Ach, Italienisch kannst du auch? Ich leider nicht, aber viele aus der Gastronomie verstehen hier zumindest etwas Deutsch, manche sprechen es auch. Bislang habe ich noch keine Probleme mit der Verständigung gehabt. Notfalls hätte ich's halt auf Englisch versucht."

„Einem Rumänen, der ich ja auch bin, ist das Italienische näher. Zudem war Italienisch meine zweite romanische Sprache im Studium." Eric schmunzelt. „Und jetzt brauchen sie mich in der Einkaufsabteilung, wenn eine Nachricht oder eine E-Mail aus Italien kommt, oder sie etwas im Angebot nicht verstehen."

„Also bist du Kaufmann und handelst mit Schuhen, Klamotten oder Möbeln aus Italien?" . . . Hinter ihnen stapelt der Kellner schon die Stühle . . . „Nein, nein, bin nur kaufmännischer Angestellter", sagt er im Aufstehen, „der tagtäglich Zusammenstellungen über Lagerbestände anfertigt. Die teuren Fliesen, polierten Marmorplatten und den anderen Kram, der für noble Kunden aus Italien kommt, den bestellen andere im Betrieb." Eric bleibt stehen. „Nur das Kleingedruckte in den Katalogen der Hersteller können sie nicht lesen", sagt er und geht weiter. „Dann brauchen sie mich, einen, der noch nie in Italien gewesen ist und gerade ziemlich entspannt in Rom über die Piazza Navona schlendert. . . . Verstehst du das, Marco?"

„Ja, das kann ich nachvollziehen, seit ich weiß, woher du kommst und was du möglicherweise erleben musstest, um endgültig hier zu sein. . . . Sag mal Eric, wie alt bist du eigentlich?" - „Dreiundsechzig."

„Mein Gott, ist das Schicksal manchmal langsam! Und ich plage mich, von Papa finanziert, vier Wochen lang mit der Luxusfrage, ob ich Musik studieren möchte oder vernünftigerweise Biologie. Die liegt mir auch sehr. Ich bin weder dumm noch faul, werde Prüfungen schon schaffen und könnte dann in den Schuldienst gehen" -

„. . . mit den Fächern Biologie *und* Musik, mein Junge! Ein Lehrer braucht doch mindestens zwei Fächer in Deutschland. Da hättest du doch auch eine Lösung deines Problems. Du nimmst noch ein paar Vorlesungen und Seminare in Theaterwissenschaften mit und ziehst in deiner Schule eine Theater-AG auf. . . . Va bene, Marco?"

„Nun ja, das wäre vielleicht eine Idee! Außerdem mag ich ja den Umgang mit Kindern und Jugendlichen. . . . Sag mal Eric . . . irgendwie bin ich jetzt erleichtert . . . , hast du morgen schon etwas vor? Wenn nicht, könnten wir zusammen noch etwas unternehmen. Am Mittwoch fliege ich zurück nach München.

„Okay, dann streunen wir doch an den verbleibenden Tagen - ganz ohne Druck! - durch die Stadt, Marco, . . ." - „Außerdem gibt es noch viel zu erzählen, Eric, und manchen Cappuccino zu trinken."

„Gut! . . . Und jetzt schnapp deine Gitarre und komm! An der Ecke der Via Aurelia, kurz vor der Vatikan-Mauer, habe ich gestern ein Restaurant entdeckt, das frische *porcini* auf der Speisekarte hat." - „Was sind das, diese Porcini?" - „Pilze, Marco, Steinpilze!" - „Schön, ich bin dabei! Aber wir legen zusammen, ja?"

„Mal sehen Marco! Ich habe für diese Tage in Rom gespart, mag heute nicht alleine speisen und habe jetzt so richtig Appetit . . .!"

◆

III

... und eines Tages haben wir ihn zufällig erreicht

Sie stand vor der Buchhandlung in der *Rua Garrett*: das
dunkle Haar wie ein Helm über der zierlichen Silhouet-
te von Kopf, Hals und Schultern, schwarze hüftlange
Lederjacke und ein dunkler Faltenrock aus leichtem
Wollstoff, der knapp unter dem Knie endete. Ihre dün-
nen Beine in schwarzen Strümpfen wirkten lang, was sie
bei der kleinen Frau eigentlich gar nicht sein konnten,
verglichen mit denen, die auf hohen Absätzen unter
kurzen Röcken am Schaufenster vorbeihasteten. Die
Eleganz ihrer Erscheinung, früherer Mode verpflichtet,
endete geradezu widersprüchlich in derben Sportschu-
hen. Mit dem linken Arm presste sie Bücher an die Lederjacke. Wenige nur und offenbar Taschenbuchausga-
ben. Ich bewunderte sie, die wie eine Statue ausharren-
de Frau, selbstbewusst alleine.

Die Buchhandlung gehört zum gediegenen Erscheinungsbild der Rua Garrett im *Chiado-Viertel* in Lissabon,
ebenso wie die Antiquitätenhändler und die dem feinen
Stil der Wohlhabenden verpflichteten Boutiquen. In die
Tiefe ihrer Räume reihen sich dunkle Glasschränke aus
edlem Holz, darin der Buchbestand mit Lederrücken -
die Klassiker - und bibliophile Besonderheiten, auch

Atlanten aus allen Epochen der alten Seefahrernation in respektabler Größe. Ausgaben der Gegenwartsliteratur füllen die offenen Regale ebenso selbstverständlich wie wissenschaftliche Fachbücher. Druckfrisches stapelt sich in erstaunlicher Fülle auf Tischen.

Eine verführerische Atmosphäre zum Stöbern, Schmökern. Marie und ich fühlen uns als neugierige Gäste in einer fremden Sprachwelt, wohlwollend geduldet, als hätten wir Eintritt bezahlt.

An freien Wandpartien in diesem zeitlos anmutenden Bücheruniversum zieren kolorierte Stiche die dämmrigen Räume - historische Stadtansichten, Seekarten und die obligaten Rosen. Davor Tischlampen, die zu einer Hotel-Lounge des frühen 20. Jahrhunderts passen könnten, ebenso die Polstermöbel der Belle Époque, zierlich und bequem. Vergangenheit ist hier Gegenwart. Das Personal spricht leise.

*

Wie vor einem Jahr, so meine ich, sie auch an diesem Tag von Weitem auf der anderen Straßenseite der Rua Garrett zu sehen, *unsere* Autorin vor *ihrer* Buchhandlung, wie sie vertraulich angedeutet hatte. Ich haste über die Straße. Wird sie mich wiedererkennen, abermals mit einem soeben erschienenen Buch? . . . Und stehe nun alleine vor den Schaufenstern der Buchhandlung, werfe einen Blick in das Innere und muss feststellen, dass ich mich getäuscht habe. Sie war es nicht.

Zu fragen traue ich mich nicht, ich kenne ja nicht einmal ihren Namen, den einer Autorin mit dem nächsten Bändchen ihrer Schreiblust unter dem Arm. Alltags-romantik, wie sie uns damals gestand, ein bisschen ver-legen lächelnd.

Beim Blick durch die offenstehende Ladentür auf die ausgelegte Welt der Literatur überfällt mich wieder das Gefühl, nicht gemeint zu sein - und erst recht die Scheu vor ihren gewiss belesenen Agenten, die hier be-raten. Die würden auf meinen fragenden Blick hin bald zum Englischen übergehen, bedauernd den Kopf schüt-teln und *sorry!* säuseln.

Schließlich habe ich doch nach ihr gefragt, in holp-rigem Spanisch. Mein Anliegen wurde ausnehmend freundlich aufgenommen, allerdings ohne Ergebnis. Umsonst gekommen zu sein, das empfand ich nicht.

*

Wie erwähnt, war es ziemlich genau vor einem Jahr, auch im Herbst, als wir auf sie aufmerksam wurden. Ein freundlicher Blick, das erwiderte Lächeln, beides genüg-te und schon ergab sich eine erste Frage nach den Bü-chern unter ihrem Arm. Standen wir einer Schriftstelle-rin gegenüber, die soeben von einer Lesung gekommen war? Sie nickte lachend und wies auf ihr Bücherpaket, etwa sechsmal gleiches Cover mit Dame und Rose. Be-merkungen auf Englisch, Französisch und versuchswei-se auf Italienisch wechselten hin und her - ich weiß nicht mehr, worum es im Einzelnen ging. Jedenfalls erwähn-ten wir, in der Stadt literarische Handlungsorte aufzu-suchen. Dabei fiel unsererseits der Buchtitel *Sostiene Pereira* und der Name des Autors, *Antonio Tabucchi*. Das

Haus der Handlung hatten wir in der *Rua da Saudade* unterhalb des *Castelo* vermutet und standen - kaum eine Stunde zuvor – an einem Abrissgrundstück.

Sie reagierte weder auf Autor noch auf Titel. Verstand sie die wenigen Wort Italienisch nicht? Fragte stattdessen auf Englisch, ob wir auch schreiben würden. *Only my husband,* sagte Marie. *So then we are colleagues,* meinte sie zu mir gewandt und legte lachend den freien Arm um mich. Schließlich bedauerten wir, sie aufgehalten zu haben und wünschten ihr viel Erfolg, sie uns gleichfalls *sulle tracce di un autore,* nun auf Italienisch.[24]

Später erst fand ich eine Erklärung, weshalb sie auf Tabucchi und sein Buch nicht reagiert hat: Nur nicht mit einem Fremden die Vergangenheit unter der Diktatur ansprechen!

Erst 1974 konnte Portugal mit *der Revolução 25 de Abril,* [25] durch einen Militärputsch die schwächelnde Diktatur überwinden. Davor galt es, über vierzig Jahre lang in der Öffentlichkeit ein Leben im Geist von *Salazar* zu heucheln, ständig überwacht von der gefürchteten Geheimpolizei *PIDE.* Deren brutale Gewaltanwendung thematisiert *Tabucchi* im erwähnten Buch - er, als Italiener ein Wahlportugiese.

Man war Zeuge, musste schweigen, ob in innerer Emigration oder als Sympathisant, als Person mit Funktion in Gesellschaft und Staatsapparat allemal und erst recht als Opfer. Man hatte sich anzupassen, um zu über-

---

[24] auf den Spuren eines Autors

[25] auch als *Nelkenrevolution* bezeichnet, da die Bevölkerung als Symbol Nelken in die Gewehrläufe steckte

leben. Gerade wir hätten Grund gehabt, das vor einem Jahr zumindest zu ahnen. - *Sulle tracce di un autore,* war das ihr verschlüsseltes Einverständnis mit Tabucchis schmerzendem Erinnern? Da bin ich mir inzwischen sicher.

*

Jetzt wollte ich ihr nach Jahresfrist so gerne sagen, dass mittlerweile mein erstes Buch gedruckt vorliege und darin Passagen zu unserer braunen Vergangenheit, die sie zumindest berühren könnten. . . und bin einer Sinnestäuschung aufgesessen.

Was nun? – Später Nachmittag, zu spät für den Besuch des *Cemitério dos Prazeres* im westlichen Bereich der Stadt und auf diesem der Grabstätte *Tabucchis,* post mortem von den Portugiesen als einer der Ihren anerkannt. Dieser Friedhof war heute unser eigentliches Ziel.

. . . *im Westen der Stadt gelegen,* . . *spiegeln die Grabmäler sowohl Geschmack als auch Möglichkeiten der Bürger im 19. Jahrhundert wider* . . . so beschreibt ihn das Online-Lexikon. . . . *Symbole verschiedener Glaubensrichtungen, Berufe und Abstammungen finden sich hier, auf Gräbern von Freimaurern, verdienten Staatsdienern und bekannten Kritikern, neben denen einfacher Bürger. Eine Reihe bedeutender Literaten ist hier begraben.*

Als „Begräbnisvillen" werden im weiteren Text die Steinhäuschen bezeichnet, in denen jeweils mehrere Särge untergebracht sind. Unter *bekannte Persönlichkeiten* ist *Antonio Tabucchi,* 2012 verstorben, noch nicht erwähnt.

*

Unsere Stadtwanderung heute führte von der *Praça do Comércio* den beschwerlichen Weg hinauf zum *Castel S. Jorge*, danach abwärts zum *Rossio*, dem weiten Platz am Beginn des nach dem verheerenden Erdbeben von 1755 rechtwinklig angelegten Zentrums *Baixa / Chiado* und jenseits wieder hinauf Richtung *Bairro Alto* zur *Rua Garrett*. Die restliche Strecke bis zum *Cemitério dos Prazeres* ist uns jetzt, am späten Nachmittag, doch zu viel. Auch mit der Straßenbahn wäre der Weg zeitaufwändig und außerdem könnten wir vor einer bereits geschlossenen Pforte stehen.

Wir steigen stattdessen weiter hinauf, die kurze Strecke zum *Jardim do Príncipe Real*, den wir ganz besonders mögen. Zudem reizt uns das prächtige *Haus des Portugiesischen Handwerks* im arabischen Stil - und Marie dort das Angebot an handgewebten Stoffen.

Oben angelangt, müssen wir feststellen, dass sowohl das Handwerkshaus als auch unser kleines Café, unweit gelegen, heute geschlossen sind.

Die Beine wollen nicht mehr so recht, der Rücken schmerzt. So bleibt uns um auszuruhen nur eine Bank unter der weit ausladenden Krone der exotischen Zeder *em Jardim*.

Im Zentrum unter ihrem Geäst - so weitverzweigt, dass es gestützt wird wie ein großes Zelt - ist es ruhig. Wir schauen dem Spiel von Licht und Schatten zu, wenn der Wind die Äste bewegt. Ich breite die Arme über die Rückenlehne der Bank und schließe die Augen.

In den harzigen Düften, die uns umstreichen, ver-
schwimmen die Gedanken.

im Jardim do Príncipe Real

Minuten der Ruhe an diesem besonderen Ort!

In die Stille flüstert Marie: „Meinst du nicht auch, wir
sollten umkehren? Der Rückweg wird dauern und ir-
gendwann in nächster Zeit brauche ich Salat und ein
Brötchen." Sie erinnert an das üppige Angebot in der
Markthalle gegenüber der *Estacione Cais do Sodré*, die wir
heute Morgen durchquert haben, springt von der Bank
auf und zieht mich hoch.

Ich hätte es unter der Zeder noch eine Weile aus-
gehalten.

Also dann hinab Richtung Tejo, zur Markthalle. Anschließend mit dem Vorortzug zurück nach *Belém* zu unserer Ferienwohnung. Noch ein kurzer Gang im Dunklen zum Flussufer, die ausgeleuchtete Front des Klosters
Mosteiro dos Jerónimos im Rücken. - Danach falle ich ins
Bett, schlafe sogleich ein, träume.

*

Sie möchten mich besuchen? fragt er mit zweifelndem Unterton. *Woher nehmen Sie die Gewissheit, dass ich mich hier aufhalte?*

Ich stammle etwas von meiner letzten Lektüre seines Buches *Lissabonner Requiem.* Daher wisse ich, dass er getan habe, was ich mir nun vornehme: einen geschätzten Verstorbenen zu treffen. Ich weise auf dem Stadtplan neben dem Bett auf den Ort, an dem ich ihn vermute.

Brav, meint er, *und danach treffen wir uns in einem Café, das ich Ihnen beschreiben werde, wenn Sie bei mir eingetroffen sein sollten. Aber bitte ohne Blumen! Die sind hier nicht üblich.* Daraufhin verschwindet er in der Auflösung seines Bildes.

Ich wache auf und schleiche im Dunkel zur Toilette. Dort sinne ich nach, wie er mich wohl erreichen will. Sein Vorschlag war direkt und überzeugend, und irgendeine Form der Verständigung könnte es doch geben. Vielleicht dieselbe, die er in seinem Treffen mit *Fernando Pessoa* beschrieben hat? Da darf er als Literat den verblichenen Kollegen zum Essen einladen und der Leser nimmt an ihrem Gespräch teil.

Ist mein Traumerlebnis der Widerhall einer Wunschvorstellung? Wer schreibt, lässt derartige Wünsche zu, das weiß ich mittlerweile von ihm. Und wenn so manche seiner Erzählungen auch nicht der sogenannten Wirklichkeit entsprechen, so gewähren sie doch

Teilhabe an einer Realität aus Träumen und Wünschen. Dazu braucht es mindesten zwei, in diesem Fall ihn und mich.

Vom Dachfenster der Toilette aus sehe ich die Lichter am *Tejo*. Noch halb im Traum, verbleibe ich im Zauber dieser Stadt in von der Phantasie komponierten und komprimierten Bildern aus der Erinnerung an den Tag Dagegen besteht der nächtliche Eindruck der Bezirke am Tejo-Ufer aus Lichtflecken und Schatten nichtssagender Gebäude, Kränen an den Kais und der weiten dunklen Fläche des Wassers. Zu phantastischen Projektionen besteht selbst für mein traumgeschwängertes Gehirn keinerlei Anreiz - von den Lichterketten über der imposanten Brücke hoch über dem Fluss einmal abgesehen.

*

Anderntags brechen wir rechtzeitig auf und durchstreifen das weitläufige Gelände des *Cemitério dos Prazeres* nach allen vier Himmelsrichtungen. Beim Schlendern durch die Vielzahl der Gassen mit den Steinhäuschen - manche haben Türen mit Glasscheiben - kann ich nicht widerstehen. Hin und wieder spähe ich durch die Scheiben, sehe durch Spinnweben auf gestapelte Särge. Manche Sargdeckel sind verschoben, teilweise abgeglitten und erlauben den Blick ins Innere: Mumifizierte Körper in weißen Tüchern und Leichenhemden, - die teilweise gebrochenen Gewebe hängen über Sargrändern, so dass Köpfe und Glieder sichtbar sind. Auf den Böden Vasen mit vergilbten Kunstblumen, mitunter sogar vertrocknete echte neben kaum erkennbaren Heiligenbildern . . . und Staub, überall Staub und Spinnweben.

Nur die Ruhestätte Tabucchis finden wir nicht. Nach langem Umherirren weiß uns der Pförtner zu helfen: „Geradeaus bis zum nächsten Seitenweg rechts, diesen nehmen und an der ersten Abzweigung wieder rechts, dann treffen Sie gleich rechter Hand auf eine Tafel, auf der ist er verzeichnet." Und nach einem Blick auf meinen Rucksack sagt er: „Noch ein Hinweis: Bitte keine Blumen ablegen! Das ist hier nicht üblich."

Zu unserem Erstaunen, das wir nicht verbergen können, alles in perfektem Deutsch. Das resultiere aus zehn Jahren Beschäftigung beim Friedhofsamt der Stadt Köln, meint er augenzwinkernd.

Am Ende unserer Suche stehen wir unweit des Portals vor einem dieser zahllosen Steinhäuschen. Seitlich ist eine schlichte Tafel mit sieben Namen angebracht, seiner an dritter Stelle.

auf dem Cemitério dos Prazeres

Hier ist er also angekommen, der zwischen Italien und Portugal pendelnde Poet, wenig jünger als ich, nun hinter einer Pforte ohne Glas.

Marie, an mich gelehnt, sagt leise: „Komm, lass uns umkehren! Wir nehmen die gelbe Schüttel-Tram zur Innenstadt und gehen zum *Chiado*-Viertel in die *Rua Garrett*, wo diese honorige Buchhandlung ist. . . und vielleicht steht die Schriftstellerin, der du so gerne wieder begegnen möchtest, mit Roman Nummer sechsundzwanzig vor dem Schaufenster, so wie letztes Jahr. - In der Nähe muss das Café *A Brasileira* sein. Ich meine, in dem haben sich *Pessoa* und er verabredet. Ob vorgestellt oder wirklich, das weiß ich nicht mehr genau. Meiner Erinnerung nach war Pessoa bedeutend älter als er. Aber egal, das wäre für ihn sowieso dasselbe und das *Brasileira* für uns jetzt ein passender Ort. - Meine innere Uhr ist aus dem Takt geraten und ich brauche bald einen Kaffee."

◆

Auch für dieses Bändchen – mittlerweile das fünfte – habe ich Inge für ihre unermüdliche Unterstützung zu danken, vom Durchgehen der Textentwürfe über die Schlusskorrektur bis zur Gestaltung des gesamten Buches. Mein Dank geht ebenso an die Probeleser Bernd, Heidi, Eva und Micha, Regine und Johann, sowie Roland, die mir alle wieder einmal eine große Hilfe waren mit ihren kritischen Anmerkungen und Anregungen.

Inhalt

I

II

III

◆

FSC
www.fsc.org

MIX

Papier | Fördert
gute Waldnutzung

FSC® C083411

Zeitfracht Medien GmbH
Ferdinand-Jühlke-Straße 7
99095 Erfurt, Deutschland
produktsicherheit@kolibri360.de